*Este libro se terminó de
editar en Madrid
el 30 de agosto de 2025,
beato Mauro Palazuelos
y compañeros mártires.*

Margaret Peterson Haddix

Entre los escondidos

Margaret Peterson Haddix

Entre los escondidos

BIBLIOTHECA HOMO LEGENS

© Copyright © 2003 by Margaret Peterson Haddix
Translation rights arranged by ADAMS LITERARY and
Sandra Bruna Agencia Literaria S.L. All rights reserved

© Editorial Ivat S.L., 2025
Calle Nicasio Gallego, 9
28010 Madrid
91 005 35 54
www.homolegens.com

ISBN: 978-84-19349-72-9
Depósito legal: M-19684-2025

Traducción: David Cerdá
Diseño de la portada: Álex H. Poles
Maquetación: Daniel Laks

Impreso en España - Printed in Spain

ÍNDICE

Capítulo 1

Vimos cómo se agitó y cayó el primer árbol, a lo lejos. Fue entonces cuando Luke oyó que su madre lo llamaba por la ventana de la cocina:

—¡Luke! A casa. Ahora.

Nunca había desobedecido la orden de esconderse. Incluso siendo un niño pequeño y apenas capaz de caminar por la hierba alta del patio trasero, de alguna manera había captado el miedo en la voz de su madre. Pero ese día, el día en que empezaron a llevarse el bosque, vaciló por primera vez. Respiró un poco más de aire fresco perfumado con trébol y madreselva y aspiró un aroma tenue, muy lejano, de humo de pino. Dejó con suavidad la azada en el suelo y saboreó por última vez la sensación de sentir la tierra caliente bajo sus pies descalzos. Se recordó a sí mismo: *Nunca me volverán a dejar salir. Puede que nunca más mientras viva.*

Se dio la vuelta y entró en la casa tan silenciosamente como una sombra.

«¿Por qué?», preguntó en la mesa aquella noche. No era una pregunta habitual en casa de los Garner. Se oía mucho «cómo» y «cuánto»: ¿Cuánto ha llovido en el campo? ¿Cómo va la siembra? Incluso se oía «qué»: ¿Qué ha hecho Mathew con la llave inglesa pequeña? ¿Qué va a hacer papá con la rueda reventada? Pero «por qué» no se consideraba una manera de empezar una pregunta que mereciera la pena. A pesar de eso, Luke lo preguntó de nuevo: «¿Por qué tuviste que vender el bosque?».

El padre de Luke carraspeó e hizo una pausa mientras se metía en la boca un tenedor de patatas cocidas.

—Te lo dije antes. No teníamos elección. El gobierno lo quería. No puedes decirle que no al gobierno.

La madre se acercó y tocó el hombro de Luke para tranquilizarle antes de volver a la cocina. Ya habían desafiado al gobierno una vez, con el nacimiento de Luke. Para eso habían necesitado toda la rebeldía que poseían. Tal vez incluso más que eso.

—No habríamos vendido el bosque si no hubiéramos tenido que hacerlo —le dijo mientras servía una espesa sopa de tomate—. El gobierno no nos preguntó si pretendíamos construir allí —frunció los labios mientras deslizaba los cuencos de sopa sobre la mesa.

—Pero el gobierno no va a vivir en las casas —protestó Luke.

Con doce años, sabía que no era así, pero a veces seguía imaginándose al gobierno como una persona muy grande, mala y obesa, dos o tres veces más alta que un hombre normal, alguien que iba por ahí gritando a la gente: «¡Prohibido!» y «¡Deje de hacerlo!». Tenía esa impresión por la forma de hablar de sus padres y hermanos mayores: «El gobierno no nos dejará volver a plantar maíz allí». «El gobierno es el que mantiene los precios bajos». «Al gobierno no le va a gustar esta cosecha».

—Lo más seguro es que algunas de las personas que vivan en esas casas sean empleados del gobierno —dijo su madre—. Vendrán todas de la ciudad.

De habérselo permitido, Luke se habría acercado a la ventana de la cocina y habría echado un vistazo al bosque, intentando por enésima vez imaginarse hileras e hileras de casas donde ahora había abetos, arces y robles. O los había habido. Luke sabía por una ojeada furtiva justo antes de la cena que la mitad de los árboles ya habían sido derribados. Algunos ya yacían en el suelo. Algunos colgaban en ángulos extraños desde sus antiguas y elevadas posiciones en el cielo. Su ausencia hacía que todo pareciera diferente, como uno de esos cortes de pelo que dejan al descubierto una franja de piel sin broncear en la frente. Incluso desde el interior de la cocina, Luke era consciente de que faltaban los árboles porque todo era más luminoso, más abierto. Más aterrador.

—Y entonces, cuando esa gente se mude, ¿tendré que mantenerme alejado de las ventanas? —preguntó Luke, aunque sabía la respuesta.

La pregunta hizo que papá explotase. Golpeó la mesa con la mano.

—¿Cómo que cuando se mude? ¡Tienes que alejarte ahora! Todo el mundo va a estar merodeando por ahí atrás, para ver qué está pasando. Si te llegan a ver... —agitó el tenedor con violencia. Luke no estaba seguro de lo que significaba el gesto, pero sabía que no era bueno.

Nadie le había dicho nunca qué pasaría exactamente si alguien le veía. ¿Lo matarían? La muerte era lo que les pasaba a los cerdos enanos que eran pisados por sus hermanos y hermanas más fuertes. La muerte era una mosca que dejaba de zumbar cuando recibía el golpe de un matamoscas. Le costaba pensar en él, en sí mismo, en conexión con la mosca aplastada o el cerdo que se queda tieso bajo el sol. Se le revolvía el estómago solo de pensarlo.

—No me parece justo que ahora tengamos que hacer las tareas de Luke —refunfuñó Mark, su otro hermano—. ¿No puede salir un poco? ¿Quizá por la noche?

Luke aguardó la respuesta con un hilo de esperanza. Pero papá se limitó a decir «no» sin levantar la vista.

—No es justo —volvió a decir Mark. Era el segundo hijo, el hijo afortunado, pensaba Luke cuando se compadecía de sí mismo. Mark era dos años mayor que Luke y apenas un año menor que Mathew, el mayor. A Mathew y Mark los reconocían fácilmente como hermanos, con sus cabellos oscuros y sus rostros cincelados. Luke era más rubio, más pequeño, más huesudo, de apariencia más enjuta. A menudo se preguntaba si alguna vez tendría un aspecto más duro, como el de ellos. De alguna manera, no lo creía.

—Luke no hace nada de todos modos —se burló Mathew—. Tampoco echaremos en falta su trabajo.

—¡No es mi culpa! —protestó Luke—. Ayudaría más si...

Mamá volvió a posar las manos sobre sus hombros.

— Callaos todos —dijo—. Luke hará lo que pueda, como siempre.

Un sonido de neumáticos en la entrada de grava entró por la ventana abierta.

—Y ahora qué... —empezó a decir papá. Luke sabía lo que iba detrás de esa frase. ¿Quién será? ¿Por qué lo molestaban ahora, que por primera vez podía sentarse en todo el día? Era una pregunta cuyo final Luke siempre oía desde el otro lado de una puerta. Hoy, asustado por ese bosque que no paraba de despoblarse, se levantó más deprisa que de costumbre, corriendo hacia la puerta de las escaleras traseras. Sabía, sin necesidad de mirar, que mamá le quitaría el plato de la mesa y lo escondería en la alacena, que deslizaría su silla hacia la esquina para que pareciera una pieza sobrante. En tres segundos, ocultaría toda prueba de que Luke existía, justo a tiempo para dirigirse a la puerta y ofrecer una sonrisa cansada al vendedor de fertilizantes o al inspector del gobierno o a quienquiera que hubiera venido a interrumpir la cena familiar.

Capítulo 2

Había una ley contra Luke.

No contra él personalmente, sino contra todos los que, como él, nacieran después de que sus padres ya hubieran tenido dos hijos.

En realidad, Luke no sabía si había alguien más como él. Se suponía que él no existía. Quizás era el único. Les hacían cosas a las mujeres después de tener su segundo bebé, para que no tuvieran más. Y si, por error, una mujer se quedaba embarazada de todos modos, se esperaba que se deshiciese de él.

Así se lo había explicado mamá, años atrás, la primera y única vez que Luke preguntó por qué tenía que esconderse.

Tenía entonces seis años.

Antes de eso, había pensado que solo los niños muy pequeños debían permanecer fuera de la vista de los extraños. Había pensado que, en cuanto fuera tan mayor como Mathew y Mark, podría ir hasta el campo e incluso hasta el pueblo con papá, sacando la cabeza y los brazos por la ventanilla de la camioneta. Había pensado que, en cuanto fuera tan mayor como Mathew y Mark, podría jugar en el jardín delantero y patear el balón e ir a buscarlo hasta la carretera si quería. Había pensado que, en cuanto fuera tan mayor como Mathew y Mark, podría ir a la escuela. Sus hermanos se quejaban por tener que ir, lloriqueando: «¡Odio tener que hacer los deberes!» y «¿A quién le importa la ortografía?». Pero también hablaban de los juegos en el recreo y de los amigos con los que compartían chucherías o de las navajas que les prestaban y los palos que afilaban con ellas.

De algún modo, Luke nunca llegó a ser tan mayor como Mathew y Mark.

El día de su sexto cumpleaños, mamá hizo una tarta especial, con mermelada de frambuesa chorreando por los lados. Esa noche, durante la cena, puso seis velas en la parte superior, la colocó delante de Luke y le dijo: «Pide un deseo».

Mirando fijamente el anillo que formaban las velas —orgulloso de que el número de sus años diera por fin para que las velas rodeasen la tarta entera—, Luke recordó de repente otra tarta, otro anillo de seis velas: la de Mark. Recordó el sexto cumpleaños de su hermano. Lo recordó porque, incluso al tener la tarta delante, Mark había estado lloriqueando: «Lo que yo quiero es una fiesta. Robert Joe tuvo una fiesta el día de su cumpleaños. Pudo invitar a tres amigos». Mamá había dicho «¡shhh!» y había mirado a Mark y Luke diciendo algo con sus ojos que Luke no entendió.

Sorprendido por el recuerdo, Luke dejó escapar un suspiro. Dos de sus velas parpadearon y una se apagó. Mathew y Mark se rieron.

—No vas a conseguir ese deseo —dijo Mark—. Eres un bebé, ni siquiera puedes soplar las velas.

Luke quería llorar. Se había olvidado incluso de pedir un deseo, y de no ser por el suspiro habría sido capaz de soplar las seis velas. Sabía que habría podido. Y entonces habría conseguido... lo cierto es que no lo sabía. La oportunidad de ir al pueblo en la camioneta. La oportunidad de jugar en el jardín delantero. La oportunidad de ir a la escuela. En vez de eso, todo lo que tenía era un extraño recuerdo que no podía estar bien. Seguramente Luke estaba pensando en el séptimo cumpleaños de Mark, o tal vez en el octavo. Mark no podía haber conocido a Robert Joe cuando tenía seis años, porque entonces se habría estado escondiendo, como Luke.

Luke pensó en ello durante tres días. Siguió a su madre mientras tendía la colada, hacía conservas de fresa o fregaba el suelo del cuarto de baño. Varias veces empezó a preguntar: «¿Cuántos años debo tener para que la gente me vea?». Pero algo lo detenía cada vez que lo intentaba.

Finalmente, al cuarto día, después de que papá, Mathew y Mark retiraran sus sillas de la mesa del desayuno y se dirigieran al granero, Luke se agachó junto a la ventana lateral de la cocina, por la que no debía asomarse, porque la gente que pasara en coche podría verle la cara. Inclinó la cabeza hacia un lado y la levantó lo suficiente como para que su ojo izquierdo asomara por encima del alféizar. Observó a Mathew y Mark corriendo a la luz del sol, con las punteras de sus botas de cuero de cerdo golpeando sus rodillas. Estaban a la vista de todo el mundo, pero no parecía importarles. Corrían hacia la puerta principal del granero, no hacia la lateral del patio trasero que Luke siempre tenía que usar porque no se veía desde la carretera.

Luke se dio la vuelta y se deslizó hasta el suelo, perdiéndose de vista.

—Mathew y Mark nunca tuvieron que esconderse, ¿verdad? —preguntó a su madre. Ella estaba limpiando los restos de huevos revueltos de la sartén. Giró la cabeza y lo miró atentamente.

—No — respondió.

—Entonces, ¿por qué yo sí?

Se secó las manos y se apartó del fregadero, algo que Luke casi nunca la había visto hacer si aún quedaban platos sucios por lavar. Se agachó a su lado y le apartó el pelo de la frente.

—Luke, cariño, ¿realmente necesitas saberlo? ¿No te basta con saber que las cosas son diferentes en tu caso?

Pensó en ello. Mamá siempre decía que él era el único que se sentaba en su regazo a recibir mimos. Ella todavía le leía cuentos antes de dormir, y él sabía que Mathew y Mark pensaban que eso era cosa de niñas. ¿A eso se refería? Pero lo cierto es que él era más pequeño. Ya crecería. ¿No sería entonces como ellos?

Con una terquedad inusual, Luke insistió:

—Quiero saber por qué soy diferente. Quiero saber por qué tengo que esconderme.

Así es que mamá se lo contó.

Más tarde, deseó haber hecho más preguntas. Pero en aquel momento lo único que podía hacer era escuchar lo que ella le decía. Sentía que se ahogaba en el torrente de sus palabras.

—Simplemente ocurrió —dijo ella—. Tú fuiste lo que ocurrió. Y nosotros te queríamos. Ni siquiera a tu padre le permitiría hablar de... deshacerse de ti.

Luke se imaginó a sí mismo de bebé siendo abandonado en una caja de cartón al lado de una carretera en algún lugar, como papá contó una vez que la gente solía hacer con los gatitos, en los tiempos en que a la gente se le permitía tener mascotas. Pero tal vez eso no era lo que mamá quería decir.

—La Ley de población no llevaba mucho tiempo vigente por entonces, y yo siempre había querido tener muchos hijos. Antes, quiero decir. Quedarme embarazada de ti fue como un milagro. Pensé que al gobierno se le pasarían las tonterías, puede que incluso para cuando tú nacieras, y entonces tendría un nuevo bebé que enseñar a todo el mundo.

—Pero no me enseñaste —alcanzó a decir Luke—. Me escondiste. Su voz sonaba extrañamente ronca, como si perteneciera a otra persona.

Mamá asintió.

—Una vez que se empezó a notar, dejé de salir. ¿A dónde iba a ir, de todos modos? Tampoco dejé que Mathew y Mark salieran de la granja, por miedo a que dijeran algo. Ni siquiera hablé de ti en las cartas a mi madre y a mi hermana. No es que por entonces estuviese asustada. Era una especie de superstición. No quería presumir. Tenía previsto dar a luz en el hospital. No iba a mantenerte en secreto para siempre. Pero entonces...

—Entonces, ¿qué? —preguntó Luke. Mamá no se atrevía a mirarle.

—Entonces empezaron a emitir en televisión todo eso sobre la Policía de Población, cómo la Policía de Población tenía formas de averiguarlo todo, cómo estaban dispuestos a hacer lo que hiciera falta para hacer cumplir la ley.

Luke se giró hacia el enorme televisor del salón. No le dejaban ver la tele. ¿Sería por eso?

—Y tu padre empezó a oír rumores en el pueblo, empezó a enterarse de lo que les pasaba a otros bebés...

Luke se estremeció. Mamá miraba a lo lejos, donde las hileras de nuevas plantas de maíz se encontraban con el horizonte.

—Y también quise siempre un John —dijo—. Mathew, Mark, Luke y John, bendecid el lecho en que me acuesto. Pero te miro y doy gracias al Señor por tenerte a ti, al menos. Y lo de esconderte ha funcionado, ¿verdad?

La sonrisa que le ofreció era vacilante. Sintió que debía ayudarla.

—Sí —dijo.

De algún modo, tras esa conversación ya no le importó tanto esconderse. De todos modos, ¿quién quería encontrarse con extraños? ¿Quién quería ir a la escuela, donde —si había que creer a Mathew y a Mark— los profesores gritaban y los otros chicos te atizaban si no ibas con cuidado? Él era especial: era un secreto. Su lugar estaba en casa, donde su madre siempre le dejaba comer el primer trozo de tarta de manzana porque él estaba allí y sus hermanos aún no habían llegado. En casa, donde podía acunar a los cerditos recién nacidos en el granero, trepar a los árboles en la linde del bosque, lanzar bolas de nieve a los postes del tendedero. En casa, con el patio trasero siempre a su disposición, siempre seguro y protegido por la casa, el granero y el bosque.

Hasta que se llevaron el bosque.

Capítulo 3

Luke se tumbó en el suelo boca abajo y puso en marcha el tren de juguete. Con el tren había jugado papá cuando era pequeño; antes había jugado con él su propio padre. Hubo un tiempo en que el mayor anhelo de Luke había sido que a Mark se le quedara pequeño para que él pudiera jugar con el tren todo el tiempo. Pero hoy no estaba para esos juegos. Fuera hacía un día precioso, había nubes lanosas en un cielo azul y una suave brisa que movía la hierba del jardín. Llevaba una semana sin salir de casa y casi podía oír cómo le llamaba el exterior. Pero ahora ni siquiera se le permitía estar en una habitación que tuviera una ventana sin cortinas.

—¿Qué pretendes? ¿Que te descubran? —le había gritado papá a Luke aquella misma mañana, cuando había levantado unos centímetros la persiana de la ventana de la cocina y se había asomado con nostalgia.

Luke dio un respingo. Había estado tan ocupado imaginando que corría descalzo por la hierba que casi había olvidado que había alguien o algo detrás de él, en la casa.

—No hay nadie ahí fuera —le dijo, volviendo a mirar para asegurarse.

Había estado intentando no mirar más allá del borde irregular del patio trasero hacia el amasijo de ramas, troncos, hojas y barro que una vez había sido su querido bosque.

—Ah, ¿sí? —dijo papá—. ¿No se te ha ocurrido pensar que, de haber gente, podrían verte antes de que tú los veas a ellos?

Agarró a Luke por el brazo y lo hizo retroceder un metro. En cuanto Luke soltó la cinta, la persiana se desplomó sobre el alféizar.

—No puedes mirar hacia afuera —dijo papá—. Lo digo en serio. A partir de ahora, mantente alejado de las ventanas. Y no entres en una habitación a menos que tengamos las persianas o las cortinas echadas.

—Pero así no puedo ver nada —protestó Luke.

—Mejor eso que a que nos denuncien —sentenció papá.

Decía todo aquello con un punto de lástima, pero eso solo empeoraba las cosas. Luke se dio la vuelta y se fue, temiendo romper a llorar ante su padre.

Ahora le dio un fuerte empujón al tren, que descarriló. Aterrizó boca abajo, con las ruedas girando.

—¿Y qué más da? —murmuró Luke.

Oyó unos golpes en la puerta.

— ¡Policía de Población! ¡Abran!

Luke se quedó petrificado.

—¡No tiene gracia, Mark! —gritó finalmente.

Mark abrió la puerta y subió las escaleras que llevaban a la habitación de Luke. La habitación hacía también de desván, cosa que nunca le había importado. Hacía tiempo que mamá había metido todos los baúles y cajas hasta el fondo bajo el alero, dejando espacio de sobra para la cama de latón de Luke, la alfombra circular de trapo, los libros y los juguetes. Luke incluso había oído a Mathew y Mark quejarse de que Luke tenía la habitación más grande. Pero ellos tenían ventanas.

—Esta vez te asusté, ¿verdad? —preguntó Mark.

—Pues no —dijo Luke. Nada le obligaría a admitir que su corazón había pegado un brinco. Mark llevaba años gastándole la broma de la Policía de Población; lo hacía cada vez que no escuchaban sus padres. Normalmente, Luke ignoraba a Mark, su hermano, pero ahora que papá estaba tan nervioso... ¿Qué habría hecho Luke si realmente hubiera sido la Policía de Población? Y a él, ¿qué le habrían hecho?

—Mathew y yo nunca le hemos hablado de ti a nadie —dijo Mark, de repente serio, lo que era extraño en él—. Y sabes que papá y mamá no cuentan nada. Se te da bien esconderte. Así que estás a salvo, ¿de acuerdo?

—Lo sé —murmuró Luke.

Mark dio una patada al tren de juguete que Luke había estrellado.

—¿Sigues jugando con juguetes para bebés? —preguntó, como para compensar el susto y ser amable.

Luke se encogió de hombros. En otras circunstancias, no le habría gustado que Mark supiera que seguía jugando con el tren. Pero ese día todo lo demás estaba tan mal que eso no importaba.

—¿Has subido aquí solo para fastidiarme? —lo confrontó Luke.

Mark puso cara de ofendido.

—Pensé que te apetecería jugar a las damas —dijo.

Luke entornó los ojos.

—Te lo ha pedido mamá, ¿verdad? —preguntó.

—No.

—Estás mintiendo —dijo Luke, sin importarle lo desagradable que sonara.

—Bueno, si te vas a poner así...

—Déjame en paz, ¿vale?

—Vale, vale —Mark retrocedió escaleras abajo—. ¡Cómo te pones!

De nuevo solo, Luke se arrepintió de haber sido tan brusco con su hermano. Tal vez Mark le había dicho la verdad. Debería disculparse; pero no le apetecía.

Se levantó y empezó a dar vueltas por la habitación. Le molestaba el chirrido que hacía el tercer listón desde la escalera. Odiaba tener que agacharse bajo las vigas en el otro extremo de su cama. Incluso sus coches de juguete favoritos, alineados en las estanterías de la esquina, le molestaban hoy. ¿Para qué tantos coches en miniatura, si nunca había visto uno de verdad? Jamás vería uno. Nunca podría hacer nada ni ir a ninguna parte. Podía pudrirse en aquel desván lleno de cosas. Ya había pensado en eso antes, en las raras ocasiones en que mamá, papá, Mathew y Mark se iban a algún sitio y lo dejaban atrás. ¿Y si les pasaba algo y nunca volvían? ¿Pasados unos años lo encontraría alguien abandonado y muerto? En uno de los viejos libros del desván había leído una historia sobre un grupo de niños que encontraban un barco pirata abandonado y luego un esqueleto en uno de los camarotes. Él sería como ese esqueleto. Y ahora que no se le permitía entrar en habitaciones con ventanas descubiertas, sería un esqueleto en la oscuridad.

Luke levantó la vista automáticamente, como para recordarse a sí mismo que nada iluminaba las vigas salvo la única bombilla que tenía sobre la cabeza. Pero descubrió que había luz en ambos extremos del techo, filtrándose por el vértice del tejado.

Se levantó y fue a investigar. ¡Claro! Debería haberlo recordado. Había respiraderos en cada extremo del tejado. Papá se quejaba a veces cuando había que calentar el desván para Luke. «Es como tirar el dinero por esos conductos», decía, pero en aquellas ocasiones mamá lo miraba fijamente y él se callaba.

Luke se subió a uno de los baúles más grandes y miró por la rejilla de ventilación. Podía ver el exterior. Podía ver un tramo de la carretera y el maizal más a lo lejos, las hojas agitándose con la brisa. La rejilla se inclinaba hacia abajo y limitaba su visión, pero al menos estaba seguro de que nadie podría verle.

Durante unos instantes, Luke se emocionó, pero esa sensación se desvaneció enseguida. No quería pasarse el resto de su vida viendo crecer el maíz. Desesperanzado, bajó del baúl y se dirigió al otro extremo del desván, a la parte que daba al patio trasero. Tuvo que deslizar cajas y arrastrar un viejo taburete desde el otro lado, pero finalmente sus ojos quedaron a la altura del respiradero trasero.

Lo que veía no era el patio trasero —estaba demasiado cerca—, sino el antiguo bosque. Hasta ese día no se había percatado, pero el terreno estaba en pendiente y se alejaba de la casa de su familia, por lo que tenía una vista despejada de hectáreas y hectáreas que antes habían estado cubiertas de árboles. En aquel momento el terreno bullía de actividad. Enormes excavadoras amarillas apartaban la maleza de un camino accidentado que había sido trazado con grava. Otros vehículos que no pudo identificar estaban cavando agujeros para instalar enormes tuberías de hormigón. Luke observaba fascinado. Conocía los tractores y las cosechadoras, por supuesto, y había visto de cerca, en el granero, el arado de su padre, el esparcidor de estiércol y los vagones de gravedad. Pero estas máquinas eran diferentes, habían sido diseñadas para otros trabajos. Y las manejaban otras personas.

Una vez, siendo Luke más pequeño, un vagabundo se había acercado a la casa y Luke solo había tenido tiempo de esconderse debajo del fregadero del zaguán antes de que el hombre entrara en la casa pidiendo comida. La puerta del armario estaba agrietada, así que Luke había podido asomarse y ver los pantalones remendados y los zapatos raídos del hombre. Le había oído decir con voz quejumbrosa: «No tengo trabajo y hace tres días que no pruebo bocado... No, no, no puedo trabajar en el campo para comer. ¿Por quién me toma? Estoy enfermo y hambriento».

Aparte de ese vagabundo y de las fotos en los libros, Luke nunca había visto a otro ser humano que no fueran sus padres y sus hermanos. Jamás había imaginado que pudiera haber tanta variedad de gente.

Muchos de los que manejaban las excavadoras y las palas mecánicas iban desnudos de cintura para arriba, mientras que otros que estaban cerca vestían incluso corbatas y abrigos. Los había gordos y delgados; algunos estaban bronceados por el sol y otros eran más pálidos que el propio Luke, que nunca volvería a estar moreno. Todos se movían: cambiaban de marcha y bajaban tubos, hacían señas a otros para que se pusieran en posición o, como mínimo, hablaban a toda velocidad. Toda esa actividad lo mareaba. Las imágenes de los libros siempre mostraban a la gente quieta.

Abrumado, Luke cerró los ojos y luego volvió a abrirlos por miedo a perderse algo.

—¿Luke?

De mala gana, Luke bajó del taburete y se tumbó inocentemente en la cama.

—Pasa —le dijo a su madre, que subió las escaleras con esfuerzo.

—¿Estás bien?

—Claro. Estoy bien. —Mamá se sentó en la cama a su lado y le dio unas palmadas en la pierna.

—Es que... —tragó saliva—. La vida que te ha tocado vivir no es fácil. Sé que te gustaría mirar fuera, que te gustaría salir...

—No pasa nada, mamá —dijo Luke.

Podía haberle dicho lo de los conductos de ventilación —no veía cómo alguien podría oponerse a que mirara afuera por aquellas rendijas—, pero algo lo detuvo. ¿Y si también le quitaban eso? ¿Y si mamá se lo contaba a papá y papá decía: «Ni hablar, es demasiado arriesgado: te lo prohíbo»? Eso no lo soportaría. Guardó silencio.

Mamá le revolvió el pelo.

—Eres un guerrero —dijo—. Sabía que aguantarías como un campeón.

Luke se inclinó sobre su madre, y ella le pasó el brazo por los hombros y lo abrazó con fuerza. Se sintió un poco culpable por haber guardado el secreto, pero, sobre todo, se sintió reconfortado, sí, querido y reconfortado.

Luego, más para sí misma que para él, mamá añadió:

—No estamos tan mal... las cosas podrían haber ido peor.

Eso no era reconfortante. Luke no sabía por qué, pero tenía la sensación de que lo que realmente quería decir era que las cosas iban a empeorar. Se acurrucó más contra su madre, esperando estar equivocado.

Capítulo 4

Luke descubrió lo que mamá había querido decir unos días después, cuando bajó a desayunar. Como de costumbre, entreabrió la puerta que daba a la cocina desde la escalera trasera. Apenas recordaba un puñado de ocasiones en toda su vida en las que alguien se había dejado caer antes del desayuno, y en todas ellas mamá se las había arreglado para enviar a Mathew o a Mark a advertir a Luke que se mantuviera escondido. Pero él siempre comprobaba si había alguien. Ese día pudo ver a papá, a Mathew y a Mark en la mesa, y supo por el chisporroteo del beicon en la sartén que mamá debía estar en la cocina.

—¿Están cerradas las persianas? —preguntó en voz baja.

Mamá abrió la puerta de la escalera. Luke empezó a entrar en la cocina, pero ella lo retuvo con el brazo. Le tendió un plato lleno de huevos revueltos y beicon.

—Luke, cariño. ¿Puedes comer sentado en el escalón de abajo?

—¿Qué?

Mamá lo miró suplicante por encima del hombro.

—Papá piensa que ya no es seguro que estés en la cocina. Todavía puedes comer con nosotros y hablarnos, pero lo harás desde allí —hizo un gesto con la mano hacia las escaleras detrás de Luke.

—Pero si las persianas están cerradas... —empezó a decir Luke.

—Uno de esos obreros me preguntó ayer: «Oye, granjero, ¿tienes aire acondicionado en tu casa?» —dijo papá desde la mesa sin volverse; era como si no quisiera mirar a Luke—. Si mantenemos bajadas las persianas en un día caluroso como hoy, la gente empezará a sospechar. Así es más seguro. Lo siento.

Entonces papá se volvió y miró a Luke, una sola vez. Luke trató de no parecer incómodo.

—¿Y qué le respondiste? —quiso saber Mathew, como si la pregunta del obrero solo hubiese sido cuestión de curiosidad.

—Le dije que claro que no tenemos aire acondicionado. Que la agricultura no da para hacerse millonario.

Papá tomó un largo sorbo de café.

—¿Estás bien, Luke? —preguntó mamá.

—Sí —murmuró.

Cogió el plato de huevos y beicon, pero esta vez no le pareció apetecible. Sabía que cada bocado que comiera se le atascaría en la garganta. Se sentó en un escalón fuera de la vista de las dos ventanas de la cocina.

—Dejaremos la puerta abierta —dijo mamá inclinándose hacia él, como si no quisiera volver a los fogones—. Esto no es muy diferente a lo de antes, ¿verdad?

—Madre... —dijo papá en tono de advertencia.

A través de las ventanas abiertas, Luke podía oír el estruendo de varios camiones y coches. Los obreros habían llegado. Sabía, porque lo había observado a través de la rejilla de ventilación los últimos días, que la caravana de vehículos subía por la carretera como un desfile. Los coches se apartaban a un lado y descargaban a los hombres mejor vestidos. Los vehículos más robustos se adentraban en los tramos más embarrados, y la gente de dentro se dispersaba hacia las excavadoras y retroexcavadoras que habían quedado fuera durante la noche. Pero los vehículos apenas tenían tiempo de enfriarse, porque los obreros estaban allí de sol a sol. Alguien tenía prisa por que terminaran la obra.

—Luke, lo siento —dijo mamá, y volvió corriendo a la cocina.

Se sirvió un plato y se sentó a la mesa, al lado del sitio habitual de Luke. Su silla ya ni siquiera estaba en la cocina.

Durante un rato, Luke observó a papá, mamá, Mathew y Mark comiendo en silencio, una familia completa de cuatro. Se aclaró la garganta, listo para protestar de nuevo. *No podéis hacer esto, no es justo...*, pero se tragó sus palabras.

Solo intentaban protegerle. ¿Qué podía hacer él? Con decisión, Luke clavó el tenedor en el montón de huevos revueltos que tenía en el plato y probó un bocado. Se comió todo el plato sin saborear nada.

Capítulo 5

A partir de entonces, Luke hizo todas sus comidas sentado en el último escalón. Se había habituado a ello, pero lo odiaba. No lo había notado hasta entonces, pero mamá solía hablar tan bajo que no se le oía desde lejos, y Mathew y Mark siempre hacían sus comentarios desagradables en voz baja. Después empezaban a reírse, a menudo a costa de Luke, y él no podía defenderse porque no sabía lo que habían dicho. Tampoco oía a mamá cuando les decía: «Comportaos, chicos».

Al cabo de una o dos semanas, la mayor parte del tiempo lo pasaba sin siquiera intentar escuchar la conversación del resto de la familia.

Sin embargo, incluso él sintió curiosidad el caluroso día de julio en que llegó la carta sobre los cerdos.

Mathew trajo el correo aquel día desde el buzón situado en el cruce de caminos, a un kilómetro y medio de distancia. (Luke nunca los había visto, por supuesto, pero Mathew y Mark le habían dicho que allí había tres buzones, uno para cada una de las familias que vivían en aquel camino). Por lo general, la correspondencia que recibían los Garner no pasaba de facturas o finos sobres que contenían expeditivas órdenes del gobierno sobre la cantidad de maíz que debían plantar, el fertilizante que debían utilizar y adónde debían llevar la cosecha una vez recogida. La carta de un pariente era motivo de celebración, y mamá siempre dejaba lo que estaba haciendo y se sentaba a abrirla con manos temblorosas, exclamando a intervalos: «¡La tía Effie está en el hospital otra vez!» o «¿Y esto? ¡Lisabeth se va a casar al final con ese tipo!».

Luke casi tenía la impresión de conocer a sus parientes, aunque vivieran a cientos de kilómetros de distancia. Una gente que, por supuesto, ni siquiera sabía de su existencia. Las cartas que mamá escribía, con esmero, a altas horas de la noche, cuando había ahorrado suficiente dinero para un sello, contenían muchas noticias de Mathew y Mark, pero ni una sola vez mencionaban el nombre de Luke.

La carta que habían recibido era tan voluminosa como las de la abuela de Luke, pero llevaba un sello oficial, y en el remite, en grandes letras en relieve, se leía Departamento de Habitación Humana, División de Normas Medioambientales. Mathew sostenía la carta con el brazo extendido, como Luke le había visto sostener a los cerditos muertos cuando había que sacarlos del granero.

Papá puso cara de preocupación en cuanto vio la carta en la mano de Mathew, que la dejó junto a sus cubiertos. Suspiró.

—No pueden ser más que malas noticias —dijo—. Es inútil arruinar una buena comida. Puede esperar.

Volvió a abalanzarse sobre el pollo con albóndigas. Solo después del último eructo dio la vuelta al sobre y pasó una uña sucia por debajo de la solapa. Desplegó la carta.

—Hemos sido informados de que... —empezó a leer en voz alta—. Bien, hasta aquí lo entiendo —luego leyó en silencio durante un rato, gritando a intervalos—. Madre, ¿qué es «vísceras»? ¿Dónde está ese diccionario? Mathew, busca «reciprocidad».

Finalmente, tiró el grueso paquete y proclamó:

—Nos van a obligar a deshacernos de nuestros cerdos.

—¿Qué? —preguntó Mathew.

Más serio que Mark, se había pasado la vida diciendo que cuando tuviese su propia granja la dedicaría por entero a la cría de cerdos. «Haré que el gobierno me deje hacerlo, lo conseguiré, ya lo veréis», repetía; en aquel momento miró por encima del hombro a papá.

—Quieres decir que nos van a obligar a vender un lote a la vez, ¿verdad? Pero podemos rehacer la piara de nuevo.

—No —dijo papá—. Lo que dicen es que la gente de las casas nuevas que están construyendo no soportará el olor a cerdo. Así que ya no podemos criar cerdos —arrojó la carta al centro de la mesa para que todos la vieran—. ¿Qué esperaban, si lo que han hecho es construir al lado de una granja?

Desde su asiento en las escaleras, Luke tuvo que contenerse para no ir a sacar el borde de la carta de la salsa de pollo y mirarla él mismo.

—No pueden hacer eso, ¿verdad? —preguntó.

Nadie le respondió. No hacía falta. Luke se sintió como un tonto por preguntar en cuanto las palabras salieron de su boca. Por una vez, se alegró de estar escondido.

Mamá retorció un trapo en la mano.

—Esos cerdos son nuestro pan de cada día —dijo—. Con los precios del grano al nivel que están, ¿de qué viviremos?

Papá se quedó mirándola. Pasado un momento, también lo hicieron Mathew y Mark. Luke no supo por qué.

Capítulo 6

El recibo de impuestos llegó dos semanas después, el día en que papá, Mathew y Mark cargaron todos los cerdos en el remolque de ganado vivo y se los llevaron. La mayoría iban al matadero. Los que eran demasiado jóvenes y pequeños para alcanzar un precio decente iban a una subasta de cerdos de engorde. Luke miraba por la rejilla de ventilación de la parte delantera de la casa cómo papá pasaba conduciendo con cada carga en la camioneta destartalada. Mathew y Mark iban sentados en la parte trasera del vehículo, asegurándose de que el remolque estuviera bien enganchado. Incluso desde tres pisos de altura, Luke podía ver la expresión de perro apaleado de Mathew.

Más tarde, cuando los tres entraron en casa para cenar, después de lavarse las manos en el zaguán para quitarse el olor a cerdo, papá le entregó a mamá el recibo de impuestos sin hacer ningún comentario. Ella dejó la cuchara de madera que había estado usando para remover el estofado y desdobló la carta que contenía el recibo. Luego la dejó caer.

—Dios santo... —parecía estar haciendo cuentas mentalmente mientras se agachaba para recogerla—. Es el triple de lo habitual. Debe de haber algún error.

Papá negó con la cabeza.

—No hay ningún error. Hablé con Williker en la subasta.

Los Williker eran sus vecinos más cercanos; su casa estaba a cinco kilómetros carretera arriba. Luke siempre se imaginaba que tendrían el cuerpo recubierto de escamas monstruosas y que tendrían unas feroces garras, dada la cantidad de veces que le habían advertido: «Que no te vean los Williker».

Papá continuó hablando.

—Williker dice que subieron los impuestos de todos por esas casas lujosas. Dicen que hace que nuestra propiedad valga más.

—¿Eso no es bueno? —preguntó Luke con entusiasmo.

Era extraño; debería odiar esas casas nuevas por haber ocupado el sitio del bosque y haberlo obligado a quedarse encerrado. Pero se había enamorado un poco de ellas, tras haber visto cómo se echaban los cimientos y se levantaban las estructuras de madera de las paredes y los tejados. Era su principal entretenimiento, observar la obra, aparte de hablar con mamá cuando subía para lo que ella llamaba «mis descansos con Luke». A veces fingía que su habitación necesitaba una limpieza tanto como el pan necesitaba ser horneado o el jardín ser deshierbado. A veces sencillamente se sentaba y hablaba.

Papá estaba sacudiendo la cabeza disgustado por la pregunta de Luke.

—No. Solo sería bueno si fuéramos a vender la casa. Y no lo vamos a hacer. Lo único que significa para nosotros es que el gobierno cree que puede sacarnos más dinero.

Mathew estaba desplomado en su silla, junto a la mesa.

—¿Cuánto tenemos que pagar? —preguntó, y cogió el recibo del suelo para averiguarlo—. ¡Es más de lo que nos dieron por todos los cerdos! Y se suponía que eso nos daría para subsistir durante mucho tiempo...

Papá no dijo nada. Incluso Mark, que normalmente tenía una respuesta inteligente para todo, estaba estupefacto.

Mamá había vuelto a su guiso.

—Hoy me han dado el permiso de trabajo —dijo ella en voz baja—. La fábrica está contratando. Si consigo entrar, tal vez me adelanten el sueldo.

Luke entró en pánico.

—No puedes ir a trabajar —empezó a decir—. ¿Quién...? —Quería decir: *¿Quién se quedará conmigo? ¿Con quién hablaré todo el día cuando todo el mundo esté fuera?* Pero decir algo así parecía demasiado egoísta. Luke miró a su alrededor. Nadie más parecía sorprendido por lo que mamá había propuesto. Cerró el pico.

Capítulo 7

A mediados de septiembre, los días de Luke habían caído en una rutina implacable. Se levantaba al amanecer solo para tener la oportunidad de sentarse en las escaleras y ver al resto de su familia tomarse el desayuno. Por entonces todos tenían prisa. Mamá tenía que estar en la fábrica a las siete. Papá intentaba poner toda la maquinaria a punto antes de la cosecha. Y Mathew y Mark habían vuelto a la escuela. Solo Luke tenía tiempo para deleitarse con su beicon a medio hacer y su tostada seca. No se molestaba en pedir mantequilla porque eso significaba que alguien tendría que levantarse y traérsela, mientras fingían que se habían olvidado algo arriba.

En cuanto el resto de su familia salía por la puerta, Luke volvía a su habitación y miraba por las rejillas de ventilación: primero por delante, para ver a Mathew y Mark subir al autobús escolar, y luego por detrás, donde las casas nuevas estaban prácticamente terminadas. Eran mansiones, tan grandes como la casa y el granero de los Garner juntos. Brillaban a la luz del sol matutino como si sus paredes estuvieran tachonadas de joyas preciosas. Por lo que Luke sabía, quizá lo estuvieran.

Todas las mañanas seguían llegando hordas de obreros, pero ahora casi todos trabajaban bajo techo. Lo primero que hacían era entrar en las casas cargados con rollos de moqueta, pilas de paneles de yeso y latas de pintura. A partir de ese momento, Luke ya casi no los veía. Ahora pasaba más tiempo observando un nuevo tipo de tráfico: coches con pinta de ser caros que circulaban lentamente por las calles recién asfaltadas. A veces se detenían en una entrada y entraban en una de las casas, normalmente acompañados de una mujer que parecía hablar sin parar. Luke había tardado un rato en darse cuenta —desde luego no se había atrevido a preguntar a nadie de su familia—, pero le parecía que era gente que estaba pensando en comprar las casas. En cuanto estuvo seguro de ello, estudió detenidamente a cada uno de los posibles vecinos. Había oído por a mamá y papá comentar asombrados que las personas que se mudarían a las casas nuevas no solo serían gente de ciudad, sino barones. Los barones eran increíblemente ricos, lo sabía Luke. Tenían cosas que la gente común no había tenido en años. Luke no estaba seguro de cómo los barones se habían hecho ricos cuando todos los demás eran pobres. Pero papá nunca decía la palabra «barón» sin añadir una o dos palabrotas detrás.

La gente que entraba en las casas tenía un aspecto distinto al de los miembros de la familia de Luke. La mayoría eran mujeres delgadas y guapas con vestidos entallados, y hombres corpulentos con lo que el padre y los hermanos de Luke llamaban «ropa pija», zapatos brillantes y pantalones y chaquetas limpios y elegantes. Luke siempre se sentía un poco avergonzado por ellos, por presentarse de ese modo. O puede que en realidad se avergonzase de su familia, cuyo aspecto no se parecía para nada al de los barones. A Luke le gustaba más cuando los adultos traían niños, porque podía concentrarse en ellos. Los más pequeños siempre iban tan arreglados como sus padres, tenían lazos en el pelo, vestían tirantes y otros complementos que Luke sabía que sus padres nunca comprarían. Los mayores parecían llevar puesto lo primero que habían cogido del armario aquella mañana.

Aunque sabía que nadie se atrevería a aparecer con tres niños, siempre los contaba: «Uno, dos», «uno», «uno, dos...».

¿Y si una familia con un solo hijo se mudaba detrás de ellos y él se colaba en su casa y fingía ser su segundo hijo? Así podría ir a la escuela, ir a la ciudad, hacer las cosas que hacían Mathew y Mark...

Menuda broma, Luke viviendo con unos barones. Lo más probable es que le dispararan amparados en su derecho, por allanamiento de morada. O que lo entregasen al gobierno.

Cuando empezaba a pensar cosas así, siempre bajaba de un salto de su percha junto a la rejilla de ventilación y cogía un libro de una de las polvorientas pilas que había junto al alero. Mamá le había enseñado a leer y a hacer cuentas hasta donde ella sabía. «Al menos tenemos algunos libros para ti», murmuraba a menudo con tristeza cuando se iba por la mañana. Había leído todos sus libros docenas de veces, incluso los que tenían títulos como *Enfermedades de la especie porcina* y *Hierbas comunes del campo*. Sus favoritos eran el puñado de libros de aventuras, los que le permitían fingir que era un caballero luchando contra un dragón para rescatar a una princesa secuestrada, o un explorador navegando en alta mar asiéndose con fuerza a un mástil mientras un huracán rugía a su alrededor.

Le gustaba olvidar que era Luke Garner, el tercer hijo, escondido en el desván.

Alrededor del mediodía oía cómo se abría la puerta que daba a la cocina; de inmediato bajaba a comer para coincidir con su padre. Sin mamá ya no había tartas caseras, ni puré de patatas, ni asados que inundaran la casa con sus apetecibles olores. Papá siempre preparaba bocadillos simples, comprobaba que nadie pudiera verle y le entregaba dos a Luke en el hueco de la escalera.

Papá nunca hablaba; había explicado que no quería que nadie le oyera y se preguntara a quién se dirigía. Pero encendía la radio para escuchar el informe agrícola de mediodía y, después, solía poner una o dos canciones antes de apagar la radio y volver a salir para ir al trabajo.

Cuando papá se iba, Luke volvía a su habitación para leer o contemplar las casas de nuevo.

A las seis y media llegaba mamá. Siempre se paraba a saludar a Luke antes de salir corriendo a hacer el trabajo de todo el día en las pocas horas que faltaban para irse a la cama. Por lo general, Mathew o Mark también subían a visitarlo, pero tampoco podían quedarse mucho tiempo. Tenían que ayudar a papá antes de la cena, y después tenían que hacer los deberes. Siempre le habían tratado mejor cuando se juntaban al aire libre. Antes de que arrasaran con el bosque, los tres habían jugado a menudo al fútbol o a balón prisionero en el patio de atrás, después del colegio y de las tareas. Sus hermanos siempre se peleaban por ver quién tenía a Luke en su equipo, porque, aunque Luke no fuera muy bueno, dos chicos juntos siempre podían ganar al tercero.

Ahora jugaban a las cartas o a las damas con él, pero Luke se daba cuenta de que preferían estar fuera.

Lo mismo que él.

Intentaba no pensar en ello.

Lo mejor del día llegaba al final, cuando mamá le arropaba. Entonces se relajaba. A veces se quedaba una hora, preguntándole qué había leído ese día o contándole historias de la fábrica.

Una noche, mientras le contaba cómo se le había atascado el guante de plástico en un pollo que había degollado aquel día, mamá se paró de repente en mitad de una frase.

—¿Mamá? —dijo Luke.

Ella respondió con un ronquido. Se había quedado dormida sentada.

Luke estudió su rostro, vio las líneas de fatiga que antes no estaban ahí y notó cómo el cabello alrededor de su rostro había pasado a tener tanto pelo gris como castaño.

—¿Mamá? —volvió a decir, sacudiéndole suavemente el brazo.

Ella se sobresaltó.

—Pero limpié ese pollo, el... Oh, lo siento, Luke. Necesitas que te arropen, ¿verdad? —Le ahuecó la almohada y le alisó las sábanas.

Luke se incorporó.

—Está bien, mamá. Me estoy haciendo demasiado mayor para esto —se tragó el nudo que se le formó en la garganta—. Apuesto a que no seguías arropando a Mathew o a Mark cuando tenían doce años.

—No —dijo ella en voz baja.

—Entonces yo tampoco lo necesito.

—De acuerdo —dijo ella.

Le besó la frente, de todos modos, y luego apagó la luz. Luke volvió la cara hacia la pared hasta que ella se fue.

Capítulo 8

Unas semanas más tarde y en una mañana fría y lluviosa, la familia de Luke se marchó con tanta prisa que apenas tuvieron tiempo de despedirse. Salieron corriendo por la puerta después del desayuno, Mathew y Mark quejándose del contenido de sus fiambreras y papá gritando: «Hoy iré a la subasta de Chytlesville. No volveré hasta la cena». Mamá se dio la vuelta a toda prisa y le entregó a Luke una bolsa de cortezas de cerdo, tres peras y algunas galletas de la noche anterior. Murmuró: «Para que no pases hambre», y le dio un fugaz beso en la frente. Luego, como los demás, se marchó.

Luke se asomó por la puerta de la escalera y pudo ver el caos de sartenes sucias y platos cubiertos de migas que había quedado en la cocina. Sabía que no debía mirar hacia la ventana, pero lo hizo de todos modos. Su corazón dio un extraño vuelco cuando vio que la ventana estaba tapada. Alguien debía de haber corrido la persiana la noche anterior, para intentar mantener la cocina caliente, y había olvidado subirla por la mañana. Luke se atrevió a asomarse un poco más: sí, la persiana de la otra ventana también estaba bajada. Por primera vez en casi seis meses, podía salir a la cocina sin preocuparse de que lo vieran. Podía correr, saltar, incluso saltar y bailar sobre el vasto linóleo sin miedo. Podía limpiar la cocina y sorprender a mamá. Podía hacer lo que quisiera.

Avanzó el pie derecho, tímidamente, sin atreverse a apoyar todo su peso sobre él. El suelo crujió. Se quedó paralizado. No pasó nada, pero retrocedió de todos modos. Volvió a subir las escaleras, se arrastró por el pasillo del segundo piso para evitar las ventanas, y luego subió las escaleras hasta el desván. Estaba tan disgustado consigo mismo que podía saborearlo.

Soy un cobarde. Soy un gallina. Merezco que me encierren en el desván para siempre, se dijo a sí mismo. *Qué va*, se contradijo, *lo que soy es precavido. Estoy ideando un plan.*

Se subió al taburete que había encima de un baúl, que le servía de atalaya para vigilar las rejillas de ventilación traseras. El barrio detrás de su casa estaba ahora completamente ocupado. Conocía a todas las familias y había puesto nombre a la mayoría de ellas. La Familia de los Grandes Coches tenía cuatro coches caros aparcados en la entrada. Todos los miembros de la Familia de Oro tenían el pelo del color del sol. La Familia de los Pájaros había colocado una fila de treinta pajareras a lo largo de la valla de su patio trasero, aunque Luke les habría dicho que era inútil hacerlo hasta que llegase la primavera. La casa que mejor podía ver, justo detrás del patio trasero de los Garner, estaba ocupada por la Familia Deportiva. Allí vivían dos adolescentes y su terraza estaba repleta de balones de fútbol, bates de béisbol, raquetas de tenis, pelotas de baloncesto, palos de hockey y juegos que Luke no había visto en su vida.

Pero ese día no le interesaban los juegos. Le interesaba ver salir a las familias. Ya se había dado cuenta de que todas las casas estaban vacías a las nueve de la mañana, que a esa hora los niños estaban en el colegio y los adultos en el trabajo. Tres o cuatro de las mujeres no parecían tener trabajo, pero también se marchaban y volvían a última hora de la tarde con bolsas de la compra. Ese día solo tenía que asegurarse de que nadie se quedara en casa enfermo.

La Familia de Oro se marchó la primera, dos cabezas rubias en un coche y otras dos en otro. La Familia Deportiva fue la siguiente, los chicos llevaban protecciones y cascos de fútbol americano, y su madre se tambaleaba sobre sus altos tacones. Luego hubo una avalancha de coches que salieron de todos los garajes hacia las calles aún relucientes. Luke contabilizó cada persona, llevando la cuenta con tanto cuidado que hizo marcas en la pared y las contó dos veces más al final. Sí, se habían marchado veintiocho personas. Estaba a salvo.

Se levantó rápidamente de la silla con la cabeza llena de planes. Primero limpiaría la cocina; luego prepararía pan para la cena. Nunca había hecho pan, pero había visto a su madre hacerlo un millón de veces. Después podría correr las cortinas del resto de la casa y limpiarla a fondo. No podía pasar la aspiradora, porque hacía demasiado ruido, pero podía quitar el polvo, fregar y sacar brillo. Su madre estaría encantada. Luego, por la tarde, antes de que Mathew, Mark o los niños del barrio volvieran, podría preparar algo para cenar. Quizá sopa de patatas. Vaya, podría hacer eso mismo todos los días. Nunca había considerado que las tareas domésticas o cocinar fueran especialmente emocionantes —sus hermanos siempre se burlaban de ellas, diciendo que eran tareas de mujeres—, pero era mejor que nada. Y tal vez, solo tal vez, si aquello funcionaba, podría convencer a papá de que le dejara escaparse al granero para ayudar allí también.

Estaba tan emocionado que esta vez entró en la cocina sin pensarlo dos veces. ¿A quién le importaba si el suelo crujía? No había nadie allí para oírlo. Recogió los platos de la mesa y los apiló en el fregadero, fregándolos con extraordinario celo. Pesó la harina, la manteca, la leche y la levadura, y lo puso todo en un bol cuando se le ocurrió que quizás estaría bien encender la radio, aunque fuera muy bajito. Nadie la oiría. Y si lo hacían, pensarían que la familia se había olvidado de apagarla, igual que se habían olvidado de subir las persianas.

El pan estaba en el horno y Luke estaba recogiendo pelusas con la mano de la alfombra del salón cuando oyó ruedas sobre la grava del camino de entrada. Eran las dos de la tarde, demasiado temprano para el autobús escolar, para mamá o para papá. Corrió hacia las escaleras, esperando que quienquiera que fuera se marchara.

No hubo suerte. Oyó que la puerta lateral se abría con un chirrido y luego oyó a su padre exclamar: «¿Qué demonios...?». Había vuelto temprano. No debería importar; pero, escondido en la escalera, Luke sintió de repente que la radio sonaba tan fuerte como una orquesta entera y como si la fragancia del pan horneándose pudiera extenderse por tres condados.

—¡Luke! —gritó su padre.

Luke oyó la mano de su padre en el pomo de la puerta del desván. Abrió la puerta.

—Solo intentaba ayudar —balbuceó Luke—. Estaba a salvo. Habías bajado las persianas, así que pensé que no pasaría nada, y me aseguré de que no hubiera nadie en el barrio, y...

Su padre lo miró con cólera.

—¡No puedes estar seguro! —le gritó—. La gente como esa recibe paquetes todo el tiempo, se ponen enfermos y vuelven a casa del trabajo, tienen criadas que vienen durante el día...

Luke podría haber protestado: no, las criadas nunca venían antes de que los niños volvieran del colegio. Pero no quería delatarse más de lo que ya lo había hecho.

—Las persianas estaban bajadas —dijo—. No encendí ni una sola luz. Aunque hubiera mil personas ahí atrás, ¡nadie sabría que yo estaba aquí! Por favor, tengo que hacer algo. Mira, he hecho pan, he limpiado y...

—¿Y si hubiera venido un inspector del gobierno o alguien?

—Me habría escondido. Como hago siempre.

Papá negaba con la cabeza.

—¿Y dejar que olieran el pan horneándose en una casa vacía? Parece que no lo entiendes. No puedes correr ningún riesgo. No puedes. Porque...

En ese preciso momento, sonó la alarma del horno, tan fuerte como una sirena. Papá miró a Luke con cara de pocos amigos y se dirigió con paso firme hacia el horno, sacó las dos bandejas de pan y las dejó sobre la encimera. Apagó la radio.

—No quiero verte nunca más en la cocina —dijo—. Quédate escondido. Es una orden.

Salió por la puerta sin mirar atrás.

Luke subió corriendo las escaleras. Quería patear algo, de lo enfadado que estaba, pero no podía. No debía hacer ruido. En su habitación, no sabía qué hacer: estaba demasiado alterado para leer, demasiado inquieto para hacer cualquier otra cosa. No dejaba de oír *Quédate escondido. Es una orden*, resonando en sus oídos. Pero se había escondido. Había tenido cuidado. Para demostrarlo, al menos a sí mismo, volvió a subirse a su percha junto a los conductos de ventilación traseros y miró hacia el tranquilo barrio.

Todas las entradas estaban vacías. No se movía nada, ni siquiera la bandera del mástil de la Familia de Oro o las aspas del molinete falso de la Familia de los Pájaros. Y entonces, por el rabillo del ojo, Luke vio algo detrás de una ventana de la casa de la Familia Deportiva.

Vio un rostro. La cara de un niño. En una casa donde ya vivían dos niños.

Capítulo 9

Luke se sorprendió tanto que perdió el equilibrio y casi se cae de espaldas del taburete. Para cuando se recuperó y enderezó, el rostro ya no estaba. ¿Se lo había imaginado? ¿Sería que uno de los hermanos de la Familia Deportiva había llegado pronto del colegio? Los niños se ponían enfermos, como decía papá, o decidían saltarse clase. Luke trató de recordar cada detalle del rostro que había visto, o que creía haber visto. Era más joven que cualquiera de los hermanos de la Familia Deportiva. Sus facciones eran más suaves. ¿No era así?

Tal vez se tratase de un ladrón o una criada que había llegado temprano. No. Había visto a un niño.

Ni siquiera se permitió pensar en lo que supondría otro niño en esa casa.

Se quedó mirando durante horas la casa de la Familia Deportiva, pero no volvió a ver ningún rostro. No pasó nada hasta las seis, cuando los dos chicos de la Familia Deportiva llegaron en el todoterreno familiar, descargaron sus trastos de fútbol y los llevaron a la casa. Al entrar, no salieron corriendo, ni gritaron que les habían robado. Y no había visto salir a ningún ladrón, ni irse a ninguna criada.

A las seis y media, Luke bajó de mala gana del desván cuando oyó que su madre llamaba a la puerta. Se sentó en su cama y murmuró distraído:

—Pasa.

Ella corrió a abrazarlo.

—Luke, lo siento. Sé que solo intentabas ayudar. Y todo está increíblemente limpio. Me encantaría que hicieras esto todos los días. Pero tu padre piensa... quiero decir, no puedes...

Luke estaba tan ocupado pensando en el rostro de la ventana que al principio no pudo entender de qué le hablaba su madre. Oh. El pan. La limpieza de la casa. La radio.

—Está bien —masculló Luke.

Pero no, no estaba bien, para nada. Su ira volvió. ¿Por qué sus padres tenían que ser tan exageradamente prudentes? ¿Por qué no lo encerraban en uno de los baúles del desván, ya que estamos?

—¿No puedes hablar con él? —preguntó Luke—. ¿No puedes convencerlo de algún modo?

Mamá le apartó el pelo de la cara.

—Lo intentaré. Pero sabes que solo quiere protegerte. No podemos arriesgarnos.

Aunque la cara en la ventana de la casa de la Familia Deportiva fuera otro tercer hijo, ¿qué cambiaría eso? Luke y el otro niño podrían vivir uno al lado del otro toda la vida sin conocerse nunca. Tal vez nunca volviera a ver al otro chico. Y ese chico, desde luego, nunca vería a Luke.

Luke bajó la cabeza.

—¿Qué se supone que debo hacer? No tengo nada que hacer en todo el día. ¿Se supone que debo quedarme sentado en esta habitación el resto de mi vida?

Mamá le acariciaba el pelo. Le irritaba que lo hiciera.

—Luke, cariño. Puedes hacer tantas cosas. Lee y juega y duerme cuando quieras. Te aseguro que me gustaría vivir un día de tu vida, me cambiaría por ti ahora mismo.

—No, no te gustaría —dijo Luke, pero lo dijo en voz tan baja que estaba seguro de que mamá no lo había podido oír: sabía que ella no lo entendería.

Si hubiera un tercer hijo en la Familia Deportiva, ¿lo entendería? ¿Sentía ese chico lo mismo que Luke?

Capítulo 10

Cuando Luke bajó a cenar, vio que mamá había puesto sus dos barras de pan en la bandeja de porcelana que usaba para las fiestas y ocasiones especiales. Presumía del pan como en su día lo había hecho de los dibujos torcidos que Mathew y Mark traían del colegio cuando eran pequeños (los solía pegar con cinta adhesiva por toda la casa). Pero algo había salido mal; quizá Luke no había utilizado suficiente levadura, o había amasado la masa en exceso o demasiado poco, porque los panes habían salido aplastados. Se veían desiguales y patéticos en el centro de la mesa.

Luke deseó que mamá los hubiera tirado.

—Ahora hace frío. Nadie se extrañaría si bajaras las persianas. ¿Por qué no puedo sentarme a la mesa con todos vosotros? —preguntó cuando llegó al pie de la escalera.

—Vamos, Luke... —le dijo su madre.

—Alguien podría ver tu sombra a través de las rendijas de la persiana —dijo su padre.

—No sabrían que es la mía —dijo Luke.

—Pero podrían contar cinco sombras. Alguien podría sospechar —añadió pacientemente—. Solo intentamos protegerte. ¿Qué tal una rebanada grande de tu pan? También hay carne fría y judías enlatadas.

Resignado, Luke se sentó en las escaleras.

Mathew preguntó por la subasta a la que papá había asistido.

—Me he hecho un montón de kilómetros para nada —dijo papá con disgusto—. Esperé cuatro horas a que salieran los tractores y luego ni siquiera me pude permitir pujar al inicio de la subasta.

—Al menos llegaste a casa a tiempo para arreglar la valla trasera antes de que oscurezca —dijo mamá, cortando el pan.

Y para gritarme, pensó Luke con amargura. ¿Qué le pasaba? Nada había cambiado. Excepto que tal vez había visto una cara que tal vez pertenecía a alguien como él.

Mathew y Mark se fijaron de repente en el pan que mamá repartía.

—¿Qué le ha pasado a ese pan? —preguntó Mark.

—Seguro que sabrá bien —dijo mamá—. Es el primer intento de Luke.

Luke murmuró: «Y el último», en voz lo bastante baja para que nadie lo oyera. Sentarse al otro lado de la habitación tenía sus ventajas.

—¿Luke ha horneado pan? —preguntó Mark incrédulo—. ¡Puaj!

—Sí. Y puse veneno especial en uno de los panes, uno que solo afecta a los de catorce años —dijo Luke, escenificando que se moría, agarrándose el cuello con las manos, dejando que la lengua le colgara de la boca y ladeando la cabeza—. Si te portas bien conmigo, te diré qué pan no está envenenado.

Eso hizo callar a Mark, pero le valió a Luke una mirada de reprobación de su madre. Hasta a Luke le extrañaba la broma que había hecho. Por supuesto que nunca envenenaría a nadie. No obstante, si algo le ocurría a Mathew o a Mark, ¿tendría Luke que seguir escondiéndose? ¿Se convertiría en el segundo hijo público y podría ir a la ciudad y a la escuela y a todos los sitios a los que iban sus hermanos? ¿Encontrarían sus

padres alguna forma de explicar la existencia de un niño
«nuevo» de doce años?

No era algo que Luke pudiera preguntar. Se sentía
culpable solo de pensarlo.

Mark estaba haciendo una gran ceremonia al llevarse
el pan a la boca.

—A mí no me asustas —se burló, y dio un gran mordisco. Tragó con gran dificultad y fingió que le venían
arcadas—. ¡Agua, agua, rápido! —Se bebió la mitad del
vaso y miró a Luke—. Sabe a veneno, eso seguro.

Luke mordió su trozo de pan. Estaba seco, quebra-
dizo e insípido: nada que ver con el de mamá. Todo el
mundo lo sabía. Incluso papá y mamá lo masticaban
con dificultad. Papá finalmente apartó su rebanada.

—Está bien, Luke —dijo—. De todos modos, no
estoy seguro de que quiera que ninguno de mis hijos se
aficione a hornear. Para eso se casa un hombre.

Mathew y Mark soltaron una carcajada.

—¿Te casarás pronto, Luke? —bromeó Mark.

—Claro —respondió Luke, esforzándose por sonar
tan irónico como Mark—. Pero no cuentes con que te
invite a la boda.

Sintió un nudo duro y frío en el estómago, y no era
por el pan. Claro que nunca se casaría. Ni haría nada.
Jamás saldría de aquella casa.

Mark pasó a burlarse de Mathew, que evidentemen-
te sí tenía novia. Luke observó cómo se reía el resto de
su familia.

—¿Puedo irme? —preguntó Luke.

Todos se volvieron hacia él sorprendidos. Normalmente era el último en pedir permiso para levantarse.
Mamá solía rogar a Mathew y a Mark: «¿No podéis esperar y hablar un poco más con Luke?».

—¿Ya has terminado? —preguntó mamá.

—No tengo mucha hambre —contestó Luke.

Mamá lo miró preocupada, pero asintió de todos modos.

Luke se fue a su habitación y se subió al taburete junto a las rejillas de ventilación traseras. En la oscuridad, era más fácil que nunca ver el interior de las casas del nuevo barrio. Las ventanas estaban iluminadas contra la noche. Algunas familias estaban cenando, como la suya. Pudo ver un grupo de cuatro personas alrededor de una mesa de comedor y otro grupo de tres. Algunas familias tenían las cortinas o las persianas echadas, pero a veces el material era fino y aún podía ver sombras de las personas que estaban dentro.

Solo la Familia Deportiva tenía todas las ventanas totalmente cerradas, cubiertas por pesadas persianas.

Capítulo 11

Desde entonces, Luke vigilaba constantemente la casa de la Familia Deportiva. Anteriormente, solo había mirado por las rejillas de ventilación traseras a primera hora de la mañana y a última hora de la tarde, cuando sabía que había gente. Pero había visto aquel rostro a las dos en punto. Tal vez el otro chico también conocía los ritmos del barrio y solo bajaba la guardia a las horas que consideraba seguras.

Durante tres días que se le hicieron eternos, Luke no vio nada.

Al cuarto día, tuvo su recompensa: un panel de una de las persianas de una ventana del piso de arriba subió y bajó rápidamente a las once en punto.

El séptimo día, las persianas de una ventana del piso de abajo estaban levantadas por la mañana. Luke vio encenderse y apagarse una luz a las 9:07, dos horas después de que se hubiera marchado el último miembro de la Familia Deportiva. Media hora más tarde, la madre de aquella familia entró en la casa en su coche rojo. Dos minutos después, la persiana de la ventana del piso de abajo se bajó. La madre se marchó inmediatamente.

El decimotercer día fue inusualmente cálido, y Luke sudaba en el desván. Algunas de las ventanas de la Familia Deportiva permanecían abiertas, aunque seguían cubiertas por las persianas. El viento las abrió en un par de ocasiones. Luke vio luces encendidas en algunas de las habitaciones, en otras a medida que avanzaba el día. Una vez incluso creyó ver el resplandor de una pantalla de televisión.

Ya no tenía dudas. Alguien se escondía en la casa de la Familia Deportiva. La cuestión era, ¿qué podía hacer él al respecto?

Capítulo 12

Llegó la cosecha. Mathew y Mark faltaron a la escuela para ayudar a papá a recogerla, y los tres trabajaron algunos días desde el amanecer hasta medianoche. En la fábrica de mamá también se acumuló el trabajo, y ella empezó a hacer dos o tres horas extras a diario. Llevaba comida a la habitación de Luke para que no pasara hambre mientras estaban fuera.

—¡Ya está! —decía alegremente en tales ocasiones, alineando cajas de galletas y bolsas de fruta—. Así ni siquiera nos echarás de menos.

Sus ojos le rogaban que no se quejara.

—¡Yuju! —decía él, tratando de sonar divertido—. Estaré bien, no te preocupes.

En aquel tiempo observaba la casa de la Familia Deportiva tan solo esporádicamente. ¿Qué más pruebas necesitaba? ¿De qué le servía saber de la existencia del otro tercer hijo? ¿Qué esperaba? ¿Que el otro chico saliera corriendo a su patio y gritara: «¡Eh, Luke! ¿Salimos a jugar un rato?»

Se deleitaba con sus manzanas en solitario. Se comía sus galletas solo.

Con todo, y muy a su pesar, una disparatada idea empezó a desarrollarse en su mente, un árbol del que, como si se tratara de ramas, brotaban nuevos detalles cada día. ¿Y si se colaba en la casa de la Familia Deportiva y conocía al otro tercer hijo?

Podía hacerlo. Era posible. En teoría.

Se pasaba días enteros trazando su ruta. Se ocultaría gracias a los arbustos y el granero durante gran parte de su travesía por el jardín. Solo había un par de metros desde allí hasta el árbol más cercano en el patio trasero de la Familia Deportiva. Podría arrastrarse sobre su estómago. Luego quedaría oculto por la valla que la Familia Deportiva compartía con la Familia de los Pájaros. Después de eso, solo había tres pasos hasta la casa de la Familia Deportiva. Tenían una puerta corredera de cristal en la parte trasera, y en los días cálidos la dejaban abierta, solo con una mosquitera. Podía entrar por ahí.

¿Se atrevería?

Por supuesto que no, pero aun así...

La primera vez que miró por las rejillas de ventilación y vio hojas de arce surcadas por tonos rojos y amarillos, le entró el pánico. Necesitaba esas hojas para esconderse de camino a la casa de la Familia Deportiva. Si esperaba demasiado, las hojas desaparecerían.

Empezó a despertarse cada mañana con un sudor frío, pensando: *Puede que hoy sea el día. ¿Me atreveré?*

Solo de pensarlo se le revolvía el estómago.

A principios de octubre llovió tres días seguidos, y casi se sintió aliviado porque eso significaba que no podía intentarlo esos días, que ni siquiera tenía que pensar en ello. No podía arriesgarse a dejar huellas en el barro. Y papá, Mathew y Mark estaban por ahí, merodeando por la casa y el granero, refunfuñando porque no podían entrar en los campos.

Por fin dejó de llover y los campos se secaron, y papá, Mathew y Mark volvieron a sus cosechadoras y tractores, a unas hectáreas de distancia de la casa.

El patio trasero y el de la Familia Deportiva también estaban secos. Y volvía a hacer calor. La Familia Deportiva dejaba abierta la puerta corredera de cristal.

La lluvia no había arrancado todas las hojas de los árboles del patio trasero, pero probablemente la siguiente lluvia lo haría.

La tercera mañana después de la lluvia, a Luke se le revolvió el estómago sentado en su taburete mientras observaba cómo se vaciaba el vecindario. Sabía sin lugar a duda que aquel sería el día en que tendría que arriesgarse, si es que pensaba hacerlo de verdad. No podía esperar hasta la primavera. Tampoco podría soportarlo.

Vio alejarse a veintiocho personas en ocho coches y un autobús escolar. Con las manos temblorosas, volvió a hacer rayas en la pared y contó, una, dos, tres veces. Veintiocho. Sí. Veintiocho. El número mágico. Podía oír cómo le latía la sangre en los oídos. Se movió aturdido. Saltó del taburete y bajó por las escaleras. Entró en la cocina. Y luego salió por la puerta trasera.

Capítulo 13

Había olvidado lo que se sentía cuando el aire fresco le llenaba las fosas nasales y los pulmones. Era una buena sensación. Con la espalda pegada a la casa, se detuvo un instante, respirando. Todos los meses que había pasado encerrado le parecieron de repente un sueño. Había sido como un animal confundido que hibernaba cuando hacía buen tiempo. Lo último real que le había pasado fue que lo llamaran para entrar en casa cuando el bosque se venía abajo. La vida real tenía lugar al aire libre.

Pero también el peligro. Y cuanto más tiempo pasaba fuera, mayor era el peligro.

Se obligó a ponerse en cuclillas; medio se arrastró y medio corrió junto a la casa, los setos y el granero. En la parte trasera del granero vaciló, mirando fijamente el abismo aparentemente interminable que se abría entre el granero y los árboles en el límite entre su patio y el de la Familia Deportiva.

Todo el mundo se ha ido, se dijo a sí mismo. *No hay alma por aquí que pueda descubrirte.*

Aun así, esperó; se quedó mirando las briznas de hierba que había más allá de sus pies. Toda su vida le habían enseñado a temer los espacios abiertos como el que tenía delante. Se exponía a decenas de ventanas. Nunca había pisado un lugar tan público, aunque estuviera desierto.

Todavía oculto por el granero, se animó a adelantar el pie. Luego lo retiró.

Se dio la vuelta y miró la casa de su familia, tan segura y protegida. Su santuario. Oyó la voz de su madre en su cabeza: «¡Luke! A casa. Ahora mismo». Parecía tan real que recordó algo que había leído en uno de los viejos libros del desván sobre la telepatía: supuestamente, si la gente te quería de verdad, podía llamarte desde kilómetros de distancia si estabas en peligro.

Debía volver. Allí estaría a salvo.

Respiró hondo y miró hacia delante, hacia la casa de la Familia Deportiva, y luego hacia atrás, hacia la suya. Pensó en volver a resguardarse, subir las desgastadas escaleras, volver a su habitación familiar y a las paredes que miraba todos los días. Pero, de repente, se percató de que odiaba su casa. No era un santuario: era una prisión.

Antes de que le diera tiempo a pensárselo de nuevo, se lanzó a la carrera, corriendo temerariamente por la hierba. Ni siquiera se detuvo a esconderse entre los árboles. Corrió hacia la puerta de la Familia Deportiva y tiró de la mosquitera.

Estaba cerrada.

Capítulo 14

En todos los planes que hizo, a Luke nunca se le pasó por la cabeza la idea de que la puerta mosquitera pudiera estar cerrada con llave. Aunque sabía que sus propios padres cerraban con llave por la noche —cuando no se les olvidaba—, las puertas de su casa siempre habían estado abiertas para él. Y nunca se había acercado a la puerta de nadie más. *Soy idiota*, pensó para sus adentros.

Tiró con más fuerza de la puerta, pero no pudo concentrarse lo suficiente como para hacer que sus manos trabajaran coordinadamente. Cada segundo que pasaba se le erizaba más el vello de la nuca. Nunca había estado tan expuesto en toda su vida.

Deprisa, deprisa, deprisa. Escóndete...

La puerta seguía sin ceder. Tendría que darse la vuelta. En ese mismo instante. Eso fue lo que le dijo su mente. Lo que hizo su mano fue atravesar la mampara. Separó el cable del marco y lo atravesó. La mampara le raspó el dorso de la mano y el brazo, pero no se detuvo. Jugueteó con la cerradura hasta que oyó un clic.

Deslizó silenciosamente la mosquitera hacia atrás y pasó por delante de las persianas colgantes para entrar en la casa de la Familia Deportiva.

Incluso con las persianas tapando todas las ventanas, la sala en la que entró resultaba espaciosa y luminosa. Desde las paredes recién pintadas hasta las relucientes mesas de cristal y el suelo de madera pulida, todo parecía nuevo. Luke se quedó mirando. Casi todos los muebles de su casa habían estado allí desde que tenía uso de razón, y los dibujos y diseños que llevaban originalmente hacía tiempo que se habían desgastado. En su casa, incluso el sofá anaranjado y las sillas verdosas habían adquirido por entonces un tono gris parduzco. Esta habitación era diferente. Le recordaba una palabra que nunca había oído, solo leído: «impoluta». Nadie había pisado nunca esas alfombras blancas con botas pringadas de estiércol. Nadie se había sentado nunca en esos sofás azul pálido con vaqueros cubiertos de maíz y polvo.

Luke podría haberse quedado en la puerta para siempre, asombrado, pero alguien tosió en otra habitación. Entonces oyó un extraño pitido. Se puso de puntillas. Mejor descubrir que ser descubierto.

Recorrió un largo pasillo. El pitido se había convertido en un prolongado zumbido procedente de una habitación del fondo.

Aguantando la respiración, Luke se detuvo ante la puerta de aquella habitación y reunió el valor necesario para asomarse. El corazón le latía con fuerza. Aún estaba a tiempo de escapar sin ser visto, de volver a su casa y a su desván y a su vida normal y segura. Pero siempre se preguntaría qué o quién había ahí adentro.

Se inclinó lentamente hacia delante, avanzando una fracción de centímetro cada vez, hasta que prácticamente pudo ver lo que había tras la puerta.

Dentro de la habitación había una silla, un escritorio y un gran aparato que Luke reconoció vagamente como un ordenador. Y frente al ordenador, tecleando furiosamente, había una chica.

Luke parpadeó, desconcertado. Nunca había pensado que el tercer hijo de la Familia Deportiva fuera una chica. Estaba casi de espaldas a Luke y vestía vaqueros y una sudadera gris no muy diferente de la que siempre llevaban los hermanos de la Familia Deportiva. Su pelo oscuro era casi tan corto como el de Luke. Pero había algo en la curva de su mejilla, la inclinación de su cabeza, la forma en que su sudadera se ceñía o no a su cuerpo: todo eso hacía que Luke estuviera seguro de que no era como él.

Se sonrojó. Luego tragó saliva. La chica giró la cabeza.

—Yo... —balbuceó Luke.

Antes de que pudiera añadir otra palabra, la chica cruzó la habitación y lo derribó. Luego lo inmovilizó contra el suelo, los brazos retorcidos a la espalda y la cara enterrada en la alfombra. Luke se esforzaba por girar la cabeza para poder respirar.

—Así que —le dijo la chica al oído— crees que puedes acercarte sigilosamente a una pobre chica inocente y desprevenida que está sola en casa. Supongo que nadie te habló de nuestro sistema de alarma. Llamaron a nuestros guardias de seguridad en cuanto entraste en nuestra propiedad. Llegarán en cualquier momento.

Luke entró en pánico. Así era como moriría. Tenía que explicarle, o al menos tenía que escapar.

—¡No! No puede venir nadie. Yo...

—Ah, ¿sí? —dijo la chica—. ¿Quién eres tú para detenerlos?

Luke levantó la cabeza todo lo que pudo. Dijo las primeras palabras que le vinieron a la mente.

—Policía de Población.

La chica lo soltó.

Capítulo 15

Luke se incorporó, comprobando sus brazos para asegurarse de que no se había roto nada.

—Mientes —dijo la chica.

Pero no hizo ningún esfuerzo por volver a inmovilizarlo. Se agachó y se quedó perpleja unos instantes. Luego sonrió.

—Lo he pillado. Eres otro. Muy buen código secreto. No estaría mal usarlo cuando hagamos la manifestación.

Ahora era Luke el que entrecerraba los ojos, confundido. La chica soltó una risita.

—Quiero decir, eres otro hijo oculto, ¿verdad?

—¿Oculto? —Luke se preguntó por qué su cerebro parecía ir más despacio. ¿Era solo porque ella parecía ir varios kilómetros por delante de él?

—¿No es ese el término que usas? —le preguntó—. Pensé que «oculto» era una denominación universal. Pero bueno, ya sabes, un ilegal, alguien cuyos padres infringieron la Ley de Población 3903. Un tercero.

—Yo... —Luke no se atrevía a confesar. Había roto tantos tabúes aquel día, saliendo de casa, caminando por el patio abierto, hablando con una extraña. ¿Qué importaba saltarse una norma más?

—Puedes decirlo —lo animó la chica—. Sí, soy un tercer hijo —¿Por qué iba a tener eso algo de malo?

Luke se libró de tener que contestarle, porque ella se puso de pie de golpe, exclamando:

—¡Oh, no! ¡La alarma!

Corrió por el pasillo y dobló la esquina. Luke la siguió y la encontró abriendo de un tirón la puerta de un armario y pulsando los botones de un panel de luces de colores.

—Demasiado tarde. ¡No hay nada que hacer!

Corrió hacia un teléfono y Luke la siguió sin aliento. Marcó. Luke la observó asombrado. Nunca había hablado por teléfono. Sus padres le habían dicho que el gobierno podía rastrear las llamadas, podía saber si una voz en un teléfono era o no de una persona que tenía permiso para existir.

—Papá —hizo una mueca—. Lo sé, lo sé. Llama a la compañía de seguridad y que cancelen el aviso, ¿vale? —se produjo una pausa—. Y te recuerdo que la pena por albergar a un hijo oculto es de cinco millones de dólares o la ejecución, dependiendo del humor del juez.

Puso los ojos en blanco mientras escuchaba lo que parecía una larga respuesta.

—Oh, ya sabes. Estas cosas pasan —otra pausa—. Sí, sí. Yo también te quiero. Gracias, papá.

Colgó. Luke se preguntó si debía volver corriendo a su casa, antes de que apareciera de verdad la Policía de Población.

—Ahora pueden encontrarte —dijo Luke—. Dicen que solo con llamar por teléfono...

La chica se rio.

—Dicen. Pero todo el mundo sabe que el gobierno no es tan competente.

Luke empezó a avanzar hacia la puerta trasera, por si acaso.

—Pero, ¿de verdad tenéis una alarma? —preguntó—. ¿Y guardias de seguridad que acuden cuando suena?

—Claro. ¿No la tiene todo el mundo? —la chica miró inquisitivamente a Luke—. Bueno, puede que no todo el mundo.

Hizo una mueca de disculpa nada más decirlo. Luke decidió ignorar la pulla.

—¿Saben los guardias de seguridad que estás aquí? —preguntó.

—Por supuesto que no —dijo la chica—. Si vinieran, tendría que esconderme, como tú. Personalmente, creo que mi familia solo tiene el sistema de alarma para asegurarse de que me quedo en casa. No saben que puedo desactivarla. Pero —le dedicó una sonrisa maliciosa— a veces la activo solo por diversión.

—¿Eso te parece divertido? —Luke lo preguntó contrariado. Había pensado que otro tercer hijo le entendería, que sería como él. Esta chica seguro que no lo era—. ¿No tienes miedo de que los guardias te encuentren? —le preguntó.

—La verdad es que no —la chica se encogió de hombros—. Pero mira, el hecho de que lo haga a propósito de vez en cuando nos ha ayudado hoy: mi padre ni siquiera me ha preguntado por qué había que parar el sistema. Simplemente pensó que era cosa mía, que otra vez estaba causando problemas.

En cierto modo, tenía sentido. Pero intentar comprenderlo todo hacía que a Luke le doliera la cabeza. Miró hacia la puerta. Si pudiera llegar a salvo a casa, nunca más se quejaría de estar aburrido. En aquel lugar se sentía tan desconcertado como Alicia en el país de las maravillas, uno de los viejos libros del desván. También recordó algo que había leído en un libro sobre naturaleza: puede que él fuese como la presa de una serpiente de esas que hipnotizaba a sus víctimas antes de comérselas. No creía que la chica fuera a hacerle daño, pero tal vez lo mantuviera confundido y fascinado hasta que llegara la Policía de Población, los guardias de seguridad u otra persona.

La chica vio hacia dónde estaba mirando.

—¿Te estoy asustando? —preguntó—. Los ocultos pueden ser tan asustadizos. Estás a salvo. ¿Qué tal si empezamos de nuevo? ¿Quieres sentarte? ¿Cómo te llamas?

Luke se lo dijo.

—Encantada de conocerte —dijo la chica, estrechándole la mano de una manera que a él le pareció burlona. Luego lo llevó a sentarse en un sofá de la habitación en la que había irrumpido por primera vez. Ella se sentó a su lado—. Soy Jen. En serio, soy Jennifer Rose Talbot. ¿Crees que tengo cara de Jennifer?

Sacudió la cabeza y extendió los brazos como si Luke debiera extraer alguna conclusión de su sudadera arrugada y sudorosa y su pelo revuelto.

Luke frunció el ceño.

—No lo sé —dijo—. No conozco a ninguna Jennifer. Solo a Mathew y Mark, y a mamá y papá.

Sabía que los verdaderos nombres de sus padres eran Edna y Harlan, pero se preguntó si no debería guardar ese secreto, por si las moscas. Probablemente ni siquiera debería haber mencionado a Mathew y Mark, pero se sorprendió al hacerlo, pensando de repente en que había un mundo lleno de gente fuera de su casa, un mundo lleno de nombres diferentes de los que nunca había oído hablar.

—Um... Entonces tengo que explicarte algo. Se supone que una Jennifer debe ser muy femenina y remilgada. Así es que le he salido rana a mi madre. Quería una niña con volantes a la que pudiera poner vestidos de encaje y sentar en un rincón. Como una muñeca —hizo una pausa—. ¿Mathew y Mark son tus hermanos mayores?

Luke asintió.

—¿Así que nunca has conocido a nadie fuera de tu familia directa?

Luke negó con la cabeza. Jen parecía tan asombrada que sintió que tenía que defenderse.

—¿Tú sí? —preguntó, empleando casi el mismo tono burlón con el que a veces se dirigía a Mark.

—Bueno, sí —dijo ella.

—Pero tú también eres un tercer hijo —protestó Luke—. Una oculta. ¿Verdad?

De pronto sintió que si se dejaba llevar por la situación acabaría echándose a llorar. Toda su vida le habían dicho que no podía hacer todo lo que Mathew y Mark hacían porque él era el tercer hijo. Pero, al parecer, Jen podía actuar libremente. ¿Le habían mentido sus padres?

—¿No tienes que esconderte? —preguntó él.

—Claro. Casi siempre. Pero mis padres son muy buenos sobornando. Y yo no les voy a la zaga —sonrió con picardía. Luego miró a Luke con los ojos entrecerrados—. ¿Cómo supiste que yo era la tercera hija? ¿Cómo supiste que estaba aquí?

Luke se lo contó. De algún modo, parecía importante empezar con la caída del bosque, así que se convirtió en una historia muy larga. Jen le interrumpía a menudo con preguntas y comentarios: «¿Así que nunca has salido de casa, salvo para ir al patio o al granero?»; «¿llevas ahí dentro metido seis meses?», y «caramba, debes de odiar mucho estas casas, ¿eh?». Y luego, cuando llegó a la parte de ver su cara en la ventana, se mordió el labio.

—Mi padre —dijo Jen— me mataría si supiera que hice tal cosa. Pero los espejos estaban estropeados, y

Carlos se apostó conmigo que ni siquiera sabía qué tiempo hacía fuera, y...

—No entiendo —dijo Luke—. ¿Los espejos? ¿Carlos?

Jen hizo un gesto con la mano para que dejara de hacer preguntas.

—Luke Garner —anunció solemnemente—, has venido a parar al lugar correcto. Olvida eso de esconderte como un topo. Yo soy tu billete de salida.

Capítulo 16

—¿Quieres más patatas, Luke? —le dijo mamá esa noche durante la cena—. ¿Luke? —Su voz se hizo más insistente—. ¿LUKE?

Luke volvió a prestar atención a su familia. Su madre le estaba ofreciendo el cuenco de puré de patatas.

—No —dijo Luke—. No, gracias. Todavía tengo un poco.

—¡Más para mí! —dijo triunfante Mark.

Luke volvió a ignorarlos. Apenas se había comido su primera ración de patatas: así de ocupado había estado pensando en su visita secreta a la casa de la Familia Deportiva. Todavía no podía creer que se hubiera atrevido a ir. Solo de pensar en su carrera por el patio le latía el corazón a toda velocidad, recordando el miedo y el sentimiento de orgullo. Lo había conseguido.

Y luego conocer a Jen fue... increíble. No había otra palabra para describirlo. Estaba tan abrumado por todo lo que había visto en su casa, por todo lo que ella le había contado, que estuvo a punto de decir: «¿Sabíais que Jen...?».

En el último momento, apretó los dientes, reprimiendo lo que estaba a punto de decir. Le parecía que iba a estallar. Sintió que su cara se enrojecía por el esfuerzo de mantenerse callado. Agachó la cabeza sobre el plato para que nadie lo viera. ¿Cómo iba a poder mantener lo de Jen en secreto? Pero tenía que hacerlo, porque si lo contaba, le prohibirían volver a verla.

Y tenía que volver.

—Estableceremos una señal —había dicho Jen—. Algo que pueda ver desde mi casa.

—Pero tú no tienes respiraderos para mirar hacia fuera como yo —protestó Luke—. No se puede mirar por las ventanas.

Oh, cuando los espejos funcionan, no hay problema. Mira.

Lo llevó a una ventana cerca de la puerta corredera de vidrio y le mostró un espejo que reflejaba una amplia vista del patio trasero de los Talbot y el paisaje que se extendía más allá. Solo se veía la esquina del granero de los Garner, pero cuando Jen lo giró un poco, apareció toda la casa de Luke, que se preguntó si sus padres podrían instalar el mismo tipo de sistema. Luego volvió a mirar el espejo y decidió que debía de ser caro. Y, de todos modos, ¿cómo explicaría de dónde había sacado la idea?

—Veamos —dijo Jen—. Hay que pensar en una señal. Ya lo tengo. ¿Qué te parece si miro hacia afuera todas las mañanas a las nueve y, si puedes venir, me apuntas con una linterna? Haré el mismo gesto si es seguro que lo hagas.

—No tenemos linternas —dijo Luke—. Ninguna que funcione, quiero decir.

Jen frunció el ceño.

—¿Por qué no?

—No hemos tenido pilas al menos en cuatro o cinco años —explicó Luke; de hecho, hasta se enorgullecía de recordar lo que era una linterna, porque no era sencillo tras tanto tiempo.

—Vale, vale —dijo Jen—. No tienes linterna, no tienes ordenador...

—Oh, tenemos un ordenador —dijo Luke—. Mis padres tienen uno. Y creo que todavía funciona. Pero está en el despacho de papá, en la parte delantera de casa, y ahí yo no puedo entrar. Y, en cualquier caso, nunca me dejarían tocarlo.

Recordó una vez, cuando era muy pequeño, tenía tal vez tres o cuatro años, en que siguió a mamá al despacho mientras ella limpiaba. Las filas de letras del teclado del ordenador le habían parecido de juguete, y había levantado un dedo y pulsado la barra espaciadora una y otra vez. Mamá se había dado la vuelta sobresaltada.

—¡Ahora te pueden encontrar! —había gritado—. Si estaban observando...

Y, durante las semanas siguientes, lo había escondido con más cuidado que nunca, encerrándolo en su habitación cuando tenía que salir, para que no volviera al despacho.

Jen puso los ojos en blanco.

—No me digas que tu familia se cree esa propaganda del gobierno —dijo—. Se han gastado tanto dinero intentando convencer a la gente de que pueden controlar todos los televisores y ordenadores, que está claro que en realidad no pueden hacerlo. Llevo usando nuestro ordenador —y mirando la tele— desde que tenía tres años, y nunca me han pillado. ¿Qué tal si usas una vela?

—¿Qué? —Luke tardó un minuto en darse cuenta de que había vuelto a hablarle de la señal—. Las velas están todas en la cocina, y no me dejan...

Jen imitó su tono de voz para acabar la frase:

—...entrar ahí. Te tienen atado con una correa muy corta, ¿no? —preguntó.

—No. Es decir, sí. Pero solo intentan protegerme.

Jen negó con la cabeza.

—Sí, me suena haber escuchado eso antes. ¿Te suena la palabra «desobedecer?»

—Yo... —Luke comenzó su frase a la defensiva— estoy aquí, ¿no?

Jen se rio.

—Lo pillo. Pero, escucha, si no puedes hacerte con velas o una linterna, ¿qué tal si enciendes una luz que yo pueda ver, la que sea?

Luke tardó menos esta vez en darse cuenta de que le seguía hablando de la señal.

—La que está junto a la puerta trasera —dijo Luke— . No tiene pérdida.

Tampoco le estaba permitido encender esa, pero no se atrevió a repetir que también le prohibían aquello.

Ahora Luke empezó a jugar con el puré de patatas. Toda su conversación con Jen había seguido ese patrón: ella se burlaba, él se defendía, pero ella siempre se salía con la suya. Por supuesto —se justificaba— ella sabía y había visto mucho más que él. Cuando él terminó su historia en el sofá, ella le contó la suya.

—Para empezar —dijo desafiante—, fui una niña buscada. Hace trece años. Mamá ya tenía a Bull y Brawn de su primer matrimonio...

—¿Tus hermanos? —preguntó Luke.

—Sí. En realidad, Buellton y Brownley, pero, ¿qué clase de nombres son esos para unos cabezas huecas como ellos? Mamá estaba pasando por alguna clase de fase pija con su primer marido.

—¿Ha tenido más de un marido? —preguntó Luke. No sabía que eso fuera posible.

—Claro —dijo Jen—. Papá (que en realidad es mi padrastro) es el tercero.

A Luke le pareció tan confuso que no dijo una palabra.

—De todos modos —siguió Jen— mamá se moría de ganas por tener una niña, así que cuando se casó por segunda vez, pagó mucho dinero a un médico para poder quedarse embarazada.

—¿Y si hubieras sido un niño?

—Oh, se metieron en el primero de los experimentos de selección de sexo.

Luke debió de lanzarle una mirada especialmente confundida, porque Jen sintió la necesidad de explicarse.

—Eso significa que se aseguraron de que yo fuera una niña. Los médicos pueden hacerlo, pero el gobierno prohibió el procedimiento, porque temió que desestabilizara aún más a la población. Seguro que mis padres pagaron un dineral por ello. ¿Tu madre y tu padre querían una niña?

Luke lo pensó. Recordaba que mamá le había dicho que quería cuatro varones, pero, ¿habría querido aún más una niña? ¿Alguien como mamá? No podía imaginarse a una niña en su casa.

—No querían nada en ese momento —dijo—. Yo fui una sorpresa: un golpe de suerte.

Jen asintió.

—Ya me parecía que tus padres no habían pagado por ti —nada más decirlo, se llevó la mano a la boca—. Eso ha sonado muy mal, ¿no? No quería ofenderte. Es solo que eres la primera persona que conozco que no es un barón.

—¿Cómo sabes que no lo soy? —preguntó Luke, tenso.

—Bueno... —Jen agitó la mano señalándole de una manera que hizo que Luke fuera aún más consciente del contraste entre su camisa de franela andrajosa y sus vaqueros remendados y la casa perfecta de Jen—. Mira, no te lo tomes a mal. No tiene importancia. O tal vez sí, pero, por lo que a mí respecta, me parece genial que no seas un barón. Puedes serme de mayor ayuda.

—¿Quieres que te ayude? —preguntó Luke.

—Con la manifestación —dijo Jen, y se mordió el labio—. Tal vez no debería... No serás un infiltrado, ¿verdad? ¿Puedo confiar en ti?

—Por supuesto que puedes —dijo Luke, ofendido por la duda.

Jen echó la cabeza hacia atrás y miró al techo, como si fuera a encontrar allí la respuesta a su dilema. Luego volvió a mirar a Luke.

—Lo siento. Lo estoy estropeando. No estoy acostumbrada a hablar de verdad, solo en la red. Mira, confío en ti, pero no soy la única implicada en esto. Así que esperaremos, ¿vale?

—De acuerdo —dijo Luke, pero no pudo evitar sonar herido.

Jen se inclinó y le dio un rápido tirón de hombros.

—¡Pero no lo digas así! Dilo con convencimiento: «De acuerdo, Jen, respeto tu criterio». O: «Vale, Jen, haremos lo que creas que es mejor» —soltó una risita—. Eso es lo que papá me asegura que debo decir cuando no estoy de acuerdo con él. ¿Te lo puedes creer? ¡Abogados!

Luke se alegró de que el tema de conversación hubiera cambiado.

—¿Tu padre es abogado? —preguntó; Jen puso los ojos en blanco.

—Sí, todos los maridos de mamá lo han sido. Un gusto extraño, ¿eh? El primero era abogado medioambientalista, nada menos; el segundo era empresario, y por eso tuvieron dinero para comprarme. Y el tercero, papá, trabaja para el gobierno. En un puesto muy alto, por cierto.

—¡Pero si eres una ilegal! —Luke ya no entendía nada. Jen se rio.

—¿No estás al tanto? Los líderes del gobierno son los peores, los que más leyes violan. ¿Cómo crees que conseguimos esta casa? ¿Cómo crees que tengo acceso a internet? ¿Cómo crees que vivimos con tantas comodidades?

—No lo sé —dijo Luke, honestamente—. Creo que no sé mucho sobre nada.

Jen le acarició la cabeza, como si fuera un niño pequeño o un perro.

—No pasa nada —le dijo—. Ya aprenderás.

No pasó mucho tiempo hasta que Luke dijo que tenía que irse, porque temía que papá, Mathew o Mark volvieran a comer antes de tiempo. Temía el viaje de regreso. Jen lo acompañó hasta la puerta, charlando todo el camino.

—Arreglaré la mampara y me ocuparé del sistema de seguridad para que nadie sepa que has estado aquí —le dijo—. Y... ¡oh, no!

Luke siguió su mirada. Estaba mirando tres puntos de sangre en la alfombra.

—Lo siento —dijo Luke—. Debió ocurrir cuando me raspé la mano. Lo limpiaré. Todavía tengo algo de tiempo...

En el fondo, se alegraba de tener una excusa para quedarse un poco más.

—No, no —dijo Jen con impaciencia—. No me importa la alfombra. Es solo que mamá y papá lo sabrán, y cuando vean que no tengo ningún corte...

Y entonces, antes de que Luke supiera lo que estaba haciendo, pasó su mano por la parte rasgada de la mampara. El borde dentado no cortó inmediatamente, así que sostuvo la mampara con la mano derecha y la pasó por la izquierda. Cuando Jen retiró la mano, Luke vio un corte aún más profundo que el suyo. Jen exprimió unas gotas de sangre y las dejó caer sobre la alfombra.

—Ya está —dijo.

Atónito, Luke retrocedió hacia la puerta.

—Vuelve pronto, granjero —se despidió Jen.

Luke se dio la vuelta y echó a correr, a ciegas, sin siquiera aminorar la marcha para arrastrarse junto al granero. Fue directo a la puerta trasera de su casa, la abrió de un tirón y dejó que se cerrara tras él.

Ahora, cenando con su familia, sintió que el corazón le latía con fuerza al pensar en lo peligroso que había sido todo aquello. ¿Por qué no había mirado primero? ¿Por qué no se había arrastrado? Clavó el tenedor en las patatas, que ya estaban frías y duras. Observó a mamá recogiendo los platos sucios mientras papá, Mathew y Mark se arrellanaban en sus sillas, hablando de la cosecha de grano. Jen lo había asustado, esa era la razón. Ver cómo se cortaba la mano le había aterrorizado. ¿Cómo podía hacer algo así por él, cuando acababan de conocerse?

Capítulo 17

Luke pasó prácticamente cada segundo de los tres días siguientes reviviendo su visita secreta a Jen y planeando la siguiente. El primer día, un inspector del gobierno vino a examinar la cosecha de los Garner, así que Luke se quedó en su habitación todo el día. El segundo día llovió, y papá se pasó la mañana haciendo trabajo administrativo en casa. El tercer día, papá estaba de vuelta en el campo, pero cuando Luke se acercó sigilosamente a la puerta trasera a las nueve de la mañana y se atrevió a accionar el interruptor de la luz. No obtuvo respuesta alguna de la casa de Jen. Tal vez los relojes de su casa estaban atrasados. Dejó la luz encendida durante quince minutos enteros, temiendo todo el tiempo que alguien, aparte de Jen, pudiera verla. Finalmente, con el corazón encogido, la apagó y subió con las piernas temblorosas a su cuarto.

¿Y si le hubiera pasado algo a Jen? ¿Y si estuviera enferma, incluso moribunda, sola en su casa? ¿Y si la hubieran atrapado o entregado? A Luke le bastaba el poco tiempo que había pasado con ella para darse cuenta de los muchos riesgos que corría.

Nunca se le había ocurrido que conocer a otra persona haría que tuviera alguien más de quien preocuparse.

Trató de tranquilizarse apoyándose en la pared al final de la escalera y recordándose a sí mismo que había posibilidades menos aterradoras que las que había contemplado: quizás alguno de sus padres había salido a hacer recados y no estaba trabajando, con el peligro que suponía que volviese pronto a casa. Quizás... intentó pensar en alguna otra razón que no fuese perturbadora por la que Jen no le hubiera hecho señas para que viniera. Pero le costaba tanto imaginar su vida ordinaria que su mente le fallaba.

Descubrió lo que realmente había sucedido al día siguiente, cuando se arriesgó a ir corriendo a casa de Jen en cuanto esta respondió a su señal.

—¿Dónde estabas? —le preguntó al instante.

—¿Cuándo? ¿Ayer? —bostezó, cerrando la puerta tras él—. ¿Es que intentaste venir? Lo siento. Mamá tenía el día libre y me hizo ir de compras.

Luke se quedó boquiabierto.

—¿De compras? ¿Saliste?

Jen asintió con indiferencia.

—Pero no te vi salir —protestó Luke.

Jen lo miró como si se preguntara seriamente si tenía cerebro.

—Por supuesto que no. Estaba escondida. El asiento trasero de nuestro coche está hueco; papá lo mandó construir a medida.

—Saliste —repitió Luke asombrado.

—Bueno, no es que viera nada hasta que llegamos al centro comercial. No te creas que dos horas en un coche en la oscuridad es mi idea de diversión. Lo odio.

—Pero en el centro comercial... ¿saliste? ¿No tuviste que esconderte?

Jen se rio de su asombro.

—Mamá me consiguió un pase de compras falsificado hace mucho tiempo. Se supone que soy su sobrina. La falsificación es lo suficientemente buena para convencer a los dependientes de las tiendas, pero si la Policía de Población me encontrara alguna vez en un control de carretera, estaría muerta. Ahí lo tienes, esas son las prioridades de mi madre: ir de compras es más importante que mi vida.

Luke sacudió la cabeza y se sentó en el sofá porque le temblaban un poco las rodillas.

—No lo sabía —dijo—. No sabía que los terceros pudieran hacer esas cosas.

¿Y si papá y mamá le conseguían a él un pase falsificado? Por un momento casi pudo imaginárselo: podrían esconderlo bajo bolsas de arpillera en la caja de la camioneta hasta que llegaran a la ciudad.

Todos en el pueblo conocían a mamá y papá. Todo el mundo sabía que mamá y papá solo tenían dos hijos. Mathew y Mark.

—Fuiste a la ciudad —repitió, absorto.

—Bueno, sí —dijo Jen—. No se ven centros comerciales por aquí, ¿verdad?

—¿Y cómo fue? —preguntó Luke casi en un susurro.

—Aburrido. Muy, muy aburrido. Mamá quería comprarme un vestido —quién sabe por qué—, así que fuimos a una tienda tras otra, y tuve que probarme todos esos vestidos que me arañaban y pinchaban y me rozaban por todas partes. Y luego me hizo comprar un montón de sujetadores... Oh, perdona —dijo al ver ruborizarse a Luke—. Supongo que no habláis mucho de sujetadores en vuestra casa.

—Mathew y Mark lo hacen, a veces, cuando hablan de guarrerías —dijo Luke.

—Bueno, un sujetador no es ninguna guarrería. Es solo un dispositivo de tortura inventado por los hombres o las madres o algo por el estilo.

—¡Oh! —dijo Luke, mirando hacia el suelo.

—Pero, en fin —añadió Jen, dando un brinco que la impulsó fuera del sofá—, te he buscado en el ordenador y todo en orden, no existes. Al menos, no oficialmente. Así es que estás a salvo. Y...

Oír a Jen decir eso con tanta ligereza —«no existes»— hizo que Luke se sintiera raro.

—¿Cómo sabes que estoy a salvo? —la interrumpió.

—Huellas dactilares —dijo. Cuando Luke la miró con cara de no comprender nada, ella le explicó—. Mi hermano Brawn pasó por una fase en la que quería ser detective —aunque la inteligencia no le dé para tanto—, de modo que recordé que aún tenía un kit para recoger huellas dactilares. Así que busqué huellas en las cosas que tocaste, como en la tele. Conseguí una huella realmente buena de la pared. Luego la escaneé en el ordenador, la conecté al archivo nacional de huellas dactilares y, *voilà*, descubrí que tus huellas dactilares no existen, así que tú tampoco. Oficialmente.

Hizo una mueca burlona para enfatizar lo que acababa de contarle. Luke quería preguntar si estaba segura de que la Policía de Población no podría encontrarle por lo que hizo, pero entendía tan poco de lo que ella le había explicado que no creyó que esa pregunta sirviera de nada. Y Jen ya estaba pensando en lo siguiente.

—Además, pareces digno de confianza. Así que, ahora que sé que estás a salvo, puedo contarte lo de la manifestación y enseñarte nuestros chats secretos y todo lo demás.

Jen ya estaba saliendo de la habitación, así que tuvo que seguirla solo para oír el final de la frase.

—¿Quieres algo de comer o beber? —le preguntó, vacilando en la puerta de la gran cocina—. Me sorprendiste tanto la última vez que me olvidé de ser una buena anfitriona. ¿Qué quieres? ¿Un refresco? ¿Patatas fritas?

—Pero esas cosas son ilegales —protestó Luke.

Recordaba haber leído algo sobre la comida basura en uno de los libros del desván y haber preguntado a su madre al respecto. Ella le había explicado que era algo que la gente solía comer todo el tiempo, hasta que el gobierno cerró las fábricas que la producían. No le dijo por qué. Pero, como regalo especial, sacó una bolsa de patatas fritas que llevaba años guardando y las compartió con él. Eran saladas, pero difíciles de masticar. Luke había fingido que le gustaban solo porque a mamá parecía hacerle ilusión.

—Sí, bueno, nosotros también somos ilegales, así que, ¿por qué no íbamos a disfrutar de cosas ilegales? —preguntó Jen, acercándole un cuenco de patatas fritas.

Por educación, Luke cogió una patata. Y luego otra. Y otra más. Esas patatas fritas estaban tan buenas que tuvo que contenerse para no cogerlas a puñados. Jen lo miró fijamente.

—¿Te pasa esto a veces, lo de tener hambre? —preguntó en voz baja.

—No —dijo Luke sorprendido.

—Algunos ocultos sí pasan hambre, porque no tienen cartilla de racionamiento y el resto de la familia no comparte —dijo ella, abriendo un frigorífico que era más grande que todos los electrodomésticos de la cocina de los Garner juntos—. Mi familia puede conseguir toda la comida que quiera, por supuesto, pero —lo miró de un modo que una vez más lo hizo consciente de su ropa harapienta—, ¿cómo consigue tu familia comida para ti?

La pregunta desconcertó a Luke.

—De la misma manera que para ellos —respondió—. La cultivamos. Tenemos un huerto; antes trabajaba mucho en él. Y, aparte, tenemos los cerdos, o solíamos tenerlos, y supongo que a veces cambiamos un cerdo sacrificado por el buey sacrificado de otro, para tener variedad de carne...

Todas esas transacciones eran vagas en la mente de Luke. Tenía que esforzarse mucho para recordar haber oído a papá o a Mathew decirle a mamá: «¿Lista para cocinar filetes de ternera? Johnston, un tipo de que vive cerca de Libertyville, quiere jamón».

Jen dejó caer una botella de plástico llena de líquido marrón.

—¿Comes carne? —preguntó sorprendida.

—Claro. ¿Tú no?

—Cuando papá puede conseguirla —dijo Jen, agachándose para recoger la botella.

Sirvió un vaso para Luke y otro para ella. Ambas bebidas burbujeaban.

Ni siquiera su influencia es tan grande como para conseguir carne con regularidad. El gobierno ha estado intentando obligar a todo el mundo, incluso a los barones, a hacerse vegetarianos.

—¿Por qué? —quiso saber Luke.

Jen le entregó su vaso.

—Tiene que ver con que los vegetales son más eficientes —dijo—. Los granjeros tienen que utilizar mucha más tierra para producir medio kilo de carne que para producir medio kilo de... ¿cómo se llama?... soja.

Luke arrugó la nariz ante la idea de comer soja.

—No sé —dijo lentamente—. Siempre alimentábamos a nuestros cerdos con el grano que no podíamos vender porque no cumplía las normas del gobierno. Pero desde que nos obligaron a deshacernos de nuestros cerdos, papá simplemente deja que ese grano se pudra en el campo.

—¿En serio? —Jen sonrió como si le acabaran de anunciar el derrocamiento del gobierno.

Le dio un golpe en la espalda justo cuando Luke daba el primer sorbo al refresco. Entre la bebida burbujeante y sus golpes entusiastas, empezó a toser. Jen no pareció darse cuenta.

—¿Ves? Te dije que nos serías de gran ayuda. Voy a publicarlo ahora mismo en el tablón de anuncios.

—¡Espera! —Luke consiguió decir entre toses.

No sabía de qué estaba hablando. Pero no podía dejar que metiera a su familia en problemas. La persiguió por el pasillo y la alcanzó justo cuando se deslizaba en la silla frente al ordenador. Ella lo encendió; el cacharro emitió aquel pitido que Luke había oído la última vez. Se hizo a un lado, hasta quedar cuidadosamente fuera de la vista de la pantalla.

—No te va a morder —dijo Jen—. Coge una silla. Siéntate aquí conmigo.

Luke reculó un tanto.

—Pero el gobierno podría...

—El gobierno es incompetente y estúpido, ¿entiendes? Créeme, si estuvieran mirando a través de la pantalla de mi ordenador, ya lo sabría.

Dócilmente, Luke acercó una silla acolchada y se sentó. Vio cómo Jen tecleaba: «Si el gobierno dejara a los granjeros alimentar a sus animales con el grano que no pueden vender, habría más carne disponible».

Luke se sintió aliviado de que no hubiera mencionado a su familia. Pero, a menos que el gobierno los estuviera espiando, no entendía qué importancia tenía para ella escribir eso.

—¿Adónde ha ido a parar el mensaje? —preguntó cuando las palabras desaparecieron de la pantalla—. ¿Quién va a verlo?

—Lo puse en un tablón de anuncios del Departamento de Agricultura. Cualquiera con un ordenador puede leerlo desde ahora. Tal vez un funcionario del gobierno con dos dedos de frente lo vea y, por primera vez en esta década, se ponga a pensar.

—Pero... —Luke entrecerró los ojos, confundido—, ¿qué importancia puede tener eso?

Jen se quedó mirándolo fijamente.

—No tienes ni idea, ¿verdad? —preguntó—. No sabes por qué aprobaron la Ley de Población.

—No —admitió Luke.

—Es por la comida. El gobierno tenía miedo de que nos quedáramos sin comida si la población seguía creciendo. Por eso hicieron que tú y yo fuésemos ilegales, para evitar que la gente se muriera de hambre.

Luke se sintió doblemente culpable por las patatas fritas que seguía metiéndose en la boca. Tragó con fuerza y bajó las manos a su regazo, en lugar de volver al cuenco de patatas fritas.

—Quiere decir que, de no comer yo, mi comida iría a parar a alguien legal —dijo Luke.

Pero, en su familia, se trataría de Mathew o Mark, y no podía decirse que se murieran de hambre. Mathew incluso empezaba a lucir la misma barriga que papá. Entonces Luke se acordó de aquel vagabundo de hacía mucho tiempo que decía: «Hace tres días que no pruebo bocado». ¿Acaso aquello fue culpa de Luke?

Jen se echó a reír.

—No te preocupes tanto por todo —dijo—. Eso es precisamente lo que el gobierno cree, pero se equivoca.

Mi padre dice que hay comida de sobra, solo que no está bien distribuida. Por eso deben derogar la Ley de Población. Por eso tienen que reconocernos a ti, a mí y a todos los demás ocultos. Por eso vamos a hacer la manifestación.

Por mucho que ignorase, Luke se dio cuenta por la manera en que lo dijo que la manifestación era importante.

—¿Podrías contarme ahora algo de esa manifestación? —preguntó humildemente.

—Sí —dijo Jen, apartándose del ordenador y girando sobre su silla—. Cientos de nosotros (todos los ocultos que he podido localizar) vamos a marchar contra el gobierno en señal de protesta. Iremos directamente a la casa del presidente. No los dejaremos en paz hasta que nos concedan los mismos derechos de los que disfruta el resto.

Qué suerte tengo, pensó Luke. *Por fin conozco a otra tercera hija y resulta que está completamente loca.*

—Y lo mejor —dijo Jen, tan burbujeante como el refresco— es que tú también puedes venir. ¿No es estupendo?

Capítulo 18

—Yo... —dijo Luke. No podía seguir mirando la sonrisa triunfante de Jen—. No creo que yo...

No se le quitaba de la cabeza lo aterrador que era cubrir corriendo la distancia que había entre su casa y la de Jen. Incluso aquella mañana, en su tercera carrera por los patios, su corazón había latido con tal fuerza que se había preguntado si podría llegar a estallar de puro miedo. Y al menos en el patio estaba seguro, o todo lo seguro que se podía estar, de que nadie lo observaba. Cómo podía pensar Jen que se atrevería a salir a la calle, donde sabía que la gente —nada menos que la gente del gobierno— podía verle, y decir: «¡Soy un tercer hijo! Quiero que me traten como a todos los demás».

—¿Asustado? —le dijo Jen en voz baja.

Luke solo pudo asentir. Jen se volvió hacia el ordenador.

—Bueno, yo también —dijo con toda naturalidad. Tecleó algo y volvió a mirar a Luke—. Un poco. ¿Pero no crees que será un alivio? Nunca más esconderse, nunca más fingir..., ser, por fin, libres.

Luke se preguntó si es que siempre había entendido mal el significado de la palabra «alivio». La manifestación de Jen se parecía más bien a su peor pesadilla.

—Te lo puedes pensar —dijo ella—. No tienes que decidir nada hoy. Y ahora, ¿estás listo para chatear?

Luke volvió a mirar la pantalla del ordenador, donde se sucedían líneas y líneas de palabras:

Carlos: Aquí 105. Resulta que mis padres piensan que es un desperdicio poner el aire

ACONDICIONADO DURANTE EL DÍA. ¿SON O NO
SON CRUELES?

SEAN: ¿POR QUÉ NO LO PONES A TOPE Y LO APA-
GAS JUSTO ANTES DE QUE LLEGUEN A CASA? ESO
ES LO QUE PAT Y YO HACEMOS. NUNCA SE DARÁN
CUENTA.

CARLOS: SÍ, PERO ES PROBABLE QUE MIS PADRES
LEAN LA FACTURA DE LA LUZ.

YOLANDA: ¿Y QUÉ VAN A HACER? ¿CASTIGARTE?

CARLOS: BUENA OBSERVACIÓN. AHORA MISMO
VOY A BUSCAR EL MANDO DEL AIRE ACONDICIO-
NADO.

YOLANDA: ¿DÓNDE ESTÁ JEN?

SEAN: SABES QUE NUNCA SE LEVANTA TAN TEM-
PRANO.

CARLOS: MIERDA, MIS PADRES TIENEN EL MAN-
DO BLOQUEADO DE ALGUNA MANERA. OS DIJE
QUE ERAN CRUELES. ¿DÓNDE ESTÁ JEN? ESTOY
DESEANDO ESCUCHAR SU COMENTARIO SACRÁS-
TICO.

Luke leyó las palabras que Jen estaba tecleando:

AQUÍ ESTOY; Y, SEAN, SÍ QUE ME LEVANTO TEM-
PRANO. SOLO QUE NO SIEMPRE ERES LO QUE ELIJO
VER A PRIMERA HORA. Y CARLOS: ¿A TI QUÉ TE

PASA? ¿TIENES TODAVÍA LEGAÑAS EN LOS OJOS?
SE ESCRIBE "SARCÁSTICO".

Pulsó otra tecla y las palabras aparecieron junto a las
de los demás. Rápidamente apareció otra línea:

SEAN: BUENOS DÍAS A TI TAMBIÉN, JEN. ME ALE-
GRA VER QUE SIGUES ENTRE LOS VIVOS.

Jen tecleó rápidamente:

NO ESTOY ENTRE LOS VIVOS: ESTOY ENTRE LOS
QUE SE ESCONDEN: SOY UNA OCULTA. ¡¡¡NO ES LO
MISMO!!!

Pulsó la tecla y el mensaje apareció en pantalla.
—¿Qué es esto? —preguntó Luke—. ¿Algún tipo
de juego?
Recordaba que Jen había mencionado antes a cierto
Carlos, y que no le había explicado quién era. ¿Eran él
y los demás algo así como amigos imaginarios, solo que
en el ordenador?
—Carlos, Sean, Yolanda... todos son otros terceros
hijos; otros ocultos. Sean tiene incluso un hermano,
Pat, que es un cuarto hijo. Así es como hablo con ellos.
Luke vio aparecer la siguiente línea de texto:

CARLOS: GRACIAS POR LA INFORMACIÓN, JEN.

—¿Pero cómo...? —empezó a preguntar Luke, que
todavía no entendía cómo funcionaba todo aquello.
—¿No sabes qué es la red? ¿Cómo es posible? —y,
recuperada de su sorpresa, continuó— Si tienes una o

dos horas libres algún día, te explicaré los tecnicismos. Por ahora lo único que importa es que funciona. Me moriría sin tener a alguien con quien hablar.

Ella tecleaba mientras hablaba. Luke levantó la cabeza para ver lo que escribía:

¿Sabéis qué? El chico del que os hablé, Luke, está aquí conmigo.

Rápidamente, tres «Hola, Luke» aparecieron en la pantalla. Luke evitó no entrar en pánico.

—Pero el gobierno... —comenzó a decir—. ¡Me encontrarán!

Jen le dio un golpecito cariñoso en el brazo.

—Tranquilo, ¿vale? Nadie del gobierno puede entrar en este chat. Entramos con contraseña. Solo los terceros hijos la conocen. Y, de todos modos, aunque alguien más leyera esto, ¿qué sabría? Solamente que, en algún lugar del mundo, hay un chico llamado Luke. Pues vaya noticia.

—Pero pueden rastrearte a través del ordenador, y entonces también me encontrarían a mí —el corazón de Luke seguía latiendo con fuerza.

—Mira, si pudieran rastrear a la gente a través del ordenador, o a través de este chat, me habrían encontrado hace mucho tiempo, ¿no te parece?

Luke intentó pensar con claridad.

—Tus padres —logró decir—. Dijiste que sobornaban a la gente. Así que tú estás a salvo. Pero los míos...

Jen sacudió la cabeza.

—No, no estoy a salvo —dijo con tristeza—. Ni siquiera mis padres podrían sobornar a la Policía de Población si me encontraran. Tal vez podrían pagarles para evitar que me busquen, pero ni siquiera eso. La Policía de Población recibe una recompensa importante por cada ilegal que encuentra. ¿Por qué crees que me escondo? ¿Por qué crees que tenemos que hacer la manifestación? Todo el mundo debería estar seguro. Y nadie debería tener que hacer sobornos para que le dejaran caminar por la calle o ir a un centro comercial o dar una vuelta en coche.

Luke volvió a mirar la pantalla del ordenador, donde la conversación seguía su curso.

—¿Cómo averiguó toda esa gente la contraseña? —preguntó—. ¿Y tú?

—Bueno, yo creé el chat, de modo que fui yo quien la inventó —dijo Jen—. Conocía a un par de ocultos y conseguí que mis padres y los suyos nos facilitaran la contraseña. Y luego algunos de esos chicos difundieron la contraseña a otros chicos que conocían. La última vez que conté, tenía contacto con ochocientos chicos.

Luke negó con la cabeza. No creía que ni siquiera sus padres conocieran a tanta gente.

—¿Cuál es la contraseña? —preguntó.

—«LIBRE» —dijo Jen—. Es «LIBRE».

Capítulo 19

Aquel día, Luke salió de casa de Jen con una pila de libros y hojas impresas pegados al pecho. «Un poco de material de lectura para ti», había dicho ella. «Para que lo entiendas».

De vuelta a su habitación, se sentó en la cama y abrió el primer libro. Era grueso y llevaba el título en ominosas letras negras: *El desastre demográfico*. La letra del contenido era pequeña y las líneas estaban a doble espacio. Luke leyó una frase al azar: «Mientras continúa el debate sobre la capacidad de albergar personas de la tierra...». Saltó a otra. «Si la tasa de fertilidad total en los países industrializados se hubiera mantenido en 2,1 o por debajo de este valor...». Luke se dio cuenta de que leer aquel libro sería como descifrar las cartas que papá recibía del gobierno. Echó un vistazo a los otros dos libros: *Un análisis de los años de la hambruna* y *Darle la vuelta a la demografía*. No parecían más fáciles. Las hojas impresas eran al menos breves, pero tanto «El problema de los ocultos» como «La ley de población: el mayor error de nuestro país», eran textos escritos en letras de gran tamaño.

Luke suspiró. Estuvo tentado de dejar los libros y demás textos a un lado y pedirle a Jen que se los explicara. Y podría haberlo hecho, de no ser por lo que ella le había dicho en el momento de entregárselos.

—¡Dios! No me lo había planteado... Sabes leer, ¿verdad?

—Por supuesto —había respondido Luke, poniéndose muy rígido—. ¿Acaso no he leído los mensajes del chat?

—Sí, pero podrías haber estado... oh, no importa. Te he vuelto a ofender, ¿no? Está claro que soy una bocazas. No habría sido nada de lo que avergonzarse, aunque no supieras leer. Mejor me callo: estoy empeorando las cosas. Toma.

A él le dio la impresión de que, tras meter la pata, había sacado libros aún más grandes de los estantes para dárselos.

Luke se volvió resueltamente hacia el principio de *El desastre demográfico* y empezó a leer: «Dado que algunos elementos de la crisis de superpoblación se previeron en el siglo XIX, quien no hubiera seguido después este asunto se preguntaría sin duda por qué la humanidad desoyó las advertencias y estuvo tan cerca de la aniquilación total. Pero...».

Luke echó mano del diccionario y se dispuso a seguir leyendo.

Llovió durante los días siguientes, así que no dejó de leer, sin sentir la tentación de correr a casa de Jen. Oía a papá dando vueltas por el piso de abajo, entrando y saliendo del granero o del cobertizo de las máquinas. Ahora que había empezado la cosecha, Luke pensó que papá se aburriría por no tener que ocuparse de los cerdos, y podría ir a verle en cualquier momento. Así que leía con cautela, siempre dispuesto a meter sus textos sobre la población bajo la almohada y sustituirlos por uno de sus libros de aventuras. La estrategia dio sus frutos al cuarto día, cuando oyó los pasos de papá en la escalera.

—Oye, Luke, ¿qué haces?

—Nada —dijo Luke, abriendo por la mitad *La isla del tesoro* en el último minuto; papá no se dio cuenta.

—¿Quieres que juguemos a las cartas?

Jugaron en la cama de Luke. Luke pudo sentir el volumen de *El desastre demográfico* clavándose en su espalda durante toda la partida. Y en el fondo lo que deseaba era preguntarle a papá sobre lo que estaba aprendiendo. Se pasó la mayor parte de la primera partida mordiéndose la lengua. Papá ganó.

—¿Echamos otra? —preguntó papá, barajando las cartas.

—Si no tienes trabajo que hacer....

—¿En noviembre? ¿Sin ganado? El único trabajo que tengo ahora es pensar cómo vamos a pagar las facturas cuando se acabe el dinero que nos dieron por los cerdos.

—¿No hay alguna manera de cultivar cosas en un espacio interior durante el invierno? Como en el sótano, con luces especiales, mucha agua y añadiendo minerales. Algo que luego pudiera venderse. ¿No se puede? —Luke lo preguntó sin pensar: acababa de leer un capítulo del libro sobre población que trataba acerca de cultivos hidropónicos (sin tierra).

Papá entornó los ojos.

—Creo que una vez oí hablar de eso.

Luke ganó la siguiente mano. Ahora era papá el que no parecía concentrado. Al final, dijo:

—¿Te importa si lo dejamos ahora?

A Luke le aterraba la idea de que papá le preguntara dónde había oído hablar de cultivos hidropónicos. Así que se limitó a decir:

—Me parece bien.

Papá se fue murmurando:

—Cultivar comida en espacios interiores... um... Luke deseó haber tenido el valor de preguntarle acerca de la Ley de Población, o de las hambrunas, pedirle, incluso, que le contase alguna historia familiar sobre estos asuntos.

Una vez consiguió superar el complejo lenguaje, los libros que Jen le había prestado resultaron estar llenos de revelaciones. Por lo que pudo entender, el mundo se había llenado de gente unos veinte años antes. Los países pobres lo pasaban especialmente mal, y la gente a menudo se moría de hambre o estaba desnutrida. Pero entonces ocurrió algo peor: terribles sequías asolaron las partes del mundo en las que se cultivaba la mayor parte de los alimentos. Durante tres años, no se cultivó casi nada. La gente se moría de hambre en todas partes. En el país de Luke, el gobierno empezó a racionar los alimentos, permitiendo a la gente consumir solo mil quinientas calorías al día. Y, para asegurarse de que había comida, tomó el control de toda la producción de alimentos. Las altos cargos del gobierno obligaron a las fábricas de comida basura a producir alimentos sanos. Obligaron a los agricultores a trasladarse a tierras más productivas (*¿por eso no vivimos cerca de nuestros abuelos?*, le hubiera gustado preguntar a sus padres). Pero aquello no les pareció suficiente. Querían asegurarse de que nunca más hubiera más gente de la que los granjeros pudieran alimentar. Así que también aprobaron la Ley de Población.

Por las tardes, mientras se servía el estofado o cortaba la carne, Luke empezó a sentir punzadas de culpabilidad. Tal vez alguien se moría de hambre por su culpa en esos momentos. Pero la comida no estaba allí, dondequiera que estuvieran los hambrientos, sino aquí, en su plato. Se la comió entera.

—Luke, estás muy callado últimamente. ¿Va todo bien? —le preguntó mamá una noche cuando él rechazó la segunda ración de repollo.

—Estoy bien —dijo, y volvió a comer en silencio.

Pero la verdad es que estaba preocupado. Le preocupaba que el gobierno tuviera razón y que él no debiera existir.

Solo cuando llegó a las hojas impresas que le dio Jen empezó a sentirse mejor. Uno de los artículos empezaba así: «La Ley de Población es malvada». Otro decía: «Cientos de niños son escondidos, malnutridos, desatendidos, maltratados —incluso asesinados— sin motivo. Forzar a los niños a permanecer ocultos es una forma de genocidio».

—¿Cómo puede ser? —le preguntó a Jen una semana después, cuando por fin pudo volver a su casa—. ¿Cómo puede ser tan distinto lo que dicen los libros y los artículos?

Ella le tendió un vaso de refresco.

—¿A qué te refieres? —preguntó.

Luke señaló *El desastre demográfico*.

—Este libro dice que la especie humana se habría extinguido si no hubiesen promulgado la Ley de Población. Y este —alzó y agitó el artículo «El problema de los ocultos»— dice que la Ley de Población fue totalmente innecesaria y cruel. Dice que había comida de sobra, incluso durante las hambrunas; lo que pasa es que los barones la acaparaban —recordó, demasiado tarde, que Jen era de una familia de barones—. Lo siento.

Jen se encogió de hombros; no parecía ofendida.

—Entonces, ¿cuál es la verdad? — preguntó Luke.

Jen vació las patatas fritas en un bol.

—Bueno, piénsalo por un instante. Fue el gobierno el que permitió que se publicaran esos libros, probablemente incluso pagó por ellos. Así que, por supuesto, los libros dicen lo que el gobierno quiere que la gente crea. No son más que propaganda. Bulos. En cambio, es probable que los autores de los artículos se jugasen el pellejo para difundir su información. Así que tienen razón.

Luke reflexionó sobre lo que acababa de oír.

—Entonces, ¿por qué me hiciste leer los libros?

—Para que entendieras lo estúpido que es el gobierno —dijo Jen—. Para que entendieras por qué tenemos que conseguir que la gente conozca la verdad.

Luke miró la pila de gruesos libros sobre la encimera de la cocina de los Talbot. Parecían tan oficiales, tan importantes... ¿Quién era él para decidir que no contaban la verdad?

Capítulo 20

Luke temía tener que esperar meses entre visita y visita a Jen cuando empezara a nevar. Pero el tiempo les sonrió aquel invierno: la mayoría de los días fueron secos y despejados. No tenía árboles frondosos tras los que esconderse, pero empezó a sentirse seguro, de todos modos, arrastrándose por su patio trasero y el de Jen. A mediados de enero podía hacer todo el trayecto sin que su corazón latiera de forma anormal en ningún momento. Las probabilidades de que alguien lo observara desde alguna de las otras casas de los barones parecían demasiado remotas como para inquietarse. Su única preocupación era papá.

Papá solía pasar mucho tiempo en casa durante el invierno. Sin cerdos a los que cuidar, podría haber estado allí incluso más de lo habitual, impidiendo que Luke se escapara. Sin embargo, de repente, papá empezó a ir a la ciudad con frecuencia por las mañanas. Al marcharse, le gritaba a Luke: «Voy a la biblioteca. Tienes algo para comer allí arriba, ¿verdad?», o «Hay unos tubos de plástico en Slyton que quiero ver. Díselo a los chicos cuando lleguen de la escuela, ¿me oyes?».

—Es esa idea del cultivo hidropónico —alardeó Luke a Jen un día de finales de enero mientras estaban sentados juntos frente al ordenador—. Conseguí que se entusiasmase y ahora está demasiado ocupado con eso como para fijarse en lo que hago.

—¿Qué es el cultivo hidropónico? —preguntó Jen.

—Está en uno de tus libros. Ya sabes, cultivar plantas en espacios interiores, sin tierra, solo con agua y minerales especiales.

—Ah —dijo Jen—. ¿Cree que el gobierno le dejará hacer eso?

—Supongo que sí —dijo Luke—. ¿Por qué no iban a dejarle?

Jen se encogió de hombros.

—¿Por qué hace lo que hace el gobierno?

Luke no tenía respuesta para eso. Jen se volvió hacia el chat, donde todo el mundo debatía sobre los carnés de identidad falsos.

CARLOS: MAMÁ DICE QUE NO ME COMPRARÁN UNO HASTA QUE TENGA DIECIOCHO AÑOS, PORQUE CREE QUE EL GOBIERNO NO CUESTIONARÍA TANTO EL CARNÉ DE UN ADULTO. Y QUIZÁS SEAN MÁS BARATOS EN ESE MOMENTO.

PAT: QUIZÁ SEAN Y YO CONSIGAMOS EL NUESTRO CUANDO TENGAMOS NOVENTA AÑOS. PAPÁ Y MAMÁ LLEVAN AHORRANDO DESDE QUE TENEMOS USO DE RAZÓN.

YOLANDA: MI PADRE DICE QUE ESTÁ ESPERANDO ENCONTRAR UNO QUE SEA SEGURO. DICE QUE SE HACEN DEMASIADAS MALAS FALSIFICACIONES.

Jen empezó a teclear furiosamente:

¿QUIÉN NECESITA UN CARNÉ FALSO? CARLOS, PROBABLEMENTE TE CONSEGUIRÍAN UNO QUE PUSIERA «JOHN SMITH» Y TENDRÍAS QUE PASARTE EL RESTO DE TU VIDA INTENTANDO HACERTE PASAR POR UN INGLÉS. MIS PADRES LLEVAN AÑOS ROGÁNDOME QUE ME HAGA UN CARNÉ FALSO,

PERO NO LO HARÉ HASTA QUE PUEDA TENER UNO QUE PONGA «JEN TALBOT»" Y QUE SEA REAL- MENTE MÍO. ¿ES QUE ACASO SE OS HA OLVIDADO A TODOS LA MANIFESTACIÓN? ¡¡¡TODOS VAMOS A CONSEGUIR IDENTIFICACIONES AUTÉNTICAS QUE DIGAN QUIÉNES SOMOS REALMENTE!!! ¡NO SO- MOS FALSOS! NO DEBERÍAMOS TENER QUE ESCONDERNOS.

Pulsó la tecla «intro» con tanta fuerza que el orde- nador se tambaleó.

—Pero, Jen —dijo Luke tímidamente—, creí que habías usado un carné falso para ir de compras con tu madre, uno que decía que eras su sobrina.

Jen dirigió una mirada feroz a Luke.

—No, solo era un pase para ir de compras. A mí tam- poco me gusta usarlo, pero creo que no puedo pelearme con mis padres por todo. De lo que hablan —señaló la pantalla del ordenador— es de adoptar una identidad falsa de forma permanente. La mayoría de los ocultos acaban haciéndolo: se van a vivir con otra familia y fin- gen ser alguien que no son durante el resto de sus vidas.

—¿Así que prefieres esconderte? —preguntó Luke, al tiempo que trataba de imaginar lo que sería usar otro nombre, vivir con otra familia, ser otra persona, sin con- seguirlo.

—No, claro que no preferiría esconderme —dijo Jen irritada—. Pero conseguir una de esas identificaciones... eso es solo una forma diferente de esconderse. Quiero ser yo misma e ir por ahí como cualquier otra persona. No es negociable. Por eso tengo que convencer a esos idiotas de que la manifestación es la única oportunidad que tienen.

La pantalla del ordenador se quedó en blanco tras la entrada de Jen. De pronto, Carlos se atrevió a escribir algo:

JEN, ¿TIENES A MANO ALGUNA DE LAS MEDICINAS PARA LA TENSIÓN DE TUS PADRES? PARECE QUE LA NECESITAS.

Jen pulsó el botón de apagado del ordenador. La pantalla se oscureció al instante. Se giró en la silla y apretó los puños.

¡Aggg! —gritó, con gesto de frustración.

¿Jen? —preguntó Luke, alejándose un tanto de ella, no fuera que decidiera mover esos puños apretados.

Jen se volvió hacia Luke sorprendida, como si hubiera olvidado que estaba allí.

—¿Nunca tienes ganas de gritar «¡No aguanto más!»? —preguntó, levantándose de un salto y empezando a caminar agitada—. ¿Nunca has querido salir al sol y decir: «Se acabó lo de esconderse, a la mierda con todo»? ¿Soy la única que se siente así?

—No —susurró Luke.

Jen se dio la vuelta y señaló el ordenador.

—¿Qué les pasa a estos? ¿Por qué no lo entienden? ¿Por qué no se lo toman en serio?

Luke se mordió el labio.

—Creo —dijo— que la gente tiene distintas formas de expresar lo que siente. Esos chicos hacen bromas y se quejan todo el rato. Tú vas por ahí vociferando y enfrentándote a la gente.

Estaba orgulloso de sí mismo por lo que acababa de decir, teniendo en cuenta que en realidad solo conocía a cinco personas en todo el mundo. Pero, por primera vez, se preguntó cómo se las arreglaría el resto de su familia si alguno de ellos tuviera que esconderse. Papá se pondría de mal humor. Mamá intentaría hacerlo lo mejor posible, incapaz de ocultar su enorme tristeza. Mathew se quedaría callado, pero estaría triste todo el tiempo, tal como se pone cada vez que alguien habla de los cerdos que ya no podían tener. Mark se quejaría tanto que haría desgraciados a los demás. Por primera vez, Luke sintió un atisbo de orgullo por ser capaz de llevar la clandestinidad mejor que cualquier otro miembro de su familia. O eso pensaba.

Jen resopló ante su explicación.

—Lo que tú digas —volvió a sentarse junto al ordenador—. Pero la manifestación es en abril. Tengo tres meses para asegurarme de que todo el mundo esté preparado.

Encendió el ordenador y empezó a teclear furiosamente de nuevo.

Luke se escabulló unas horas más tarde. No estaba seguro de que Jen se hubiese enterado de su marcha.

Capítulo 21

En febrero, papá recibió la carta del gobierno que le prohibía intentar cultivar nada en interiores.

«Ha llegado a nuestro conocimiento que usted ha estado comprando cantidades excesivas de tubería de plástico, como la que se utiliza en la siembra y el cultivo de plantas en un espacio interior», comenzaba la carta. «Debido al predominio de estos métodos agrícolas en el cultivo de sustancias ilegales, le ordenamos que desista y cese inmediatamente».

Luke leyó la carta durante la cena, después de que todos los demás miembros de la familia hubieran intentado descifrar su significado. De alguna manera, después de leer todos aquellos libros voluminosos que Jen le había prestado, las palabras rebuscadas no lo desanimaban tanto.

—Quieren que pares —dijo Luke—. Tienen miedo de que cultives algo ilegal. Y esta parte —señaló la carta, aunque todos los demás estaban en la mesa, a varios metros de distancia, y él estaba en su lugar habitual en las escaleras—, esta parte donde dice: «entregue todos esos materiales para que sean requisados», significa que tienes que entregar todo lo que compraste y ellos decidirán si te multan o no.

El resto de la familia miró a Luke con asombro.

Entonces Mark empezó a reírse.

—Drogas —dijo—. Creen que vas a cultivar drogas.

Papá le lanzó una mirada de disgusto.

—¿Te parece divertido? Ya veremos lo que piensas el año que viene, cuando te crezcan los pies y no tengamos dinero para comprarte unos zapatos nuevos.

Mark dejó de reírse.

—Nos las arreglaremos —dijo la madre de Luke en voz baja—. Siempre lo hemos hecho.

Papá se apartó de la mesa.

—¿Por qué no conseguí un permiso? —preguntó sin dirigirse a nadie en particular—. Tal vez si consigo un permiso...

Para entonces, Luke ya había leído el resto de la carta.

—No dan permisos para realizar cultivos hidropónicos —dijo—. Aquí dice que esa práctica se considera ilegal.

Esta vez fue él quien recibió una mirada fulminante de papá.

Luke sintió la decepción de su padre, y ver a sus padres tan preocupados por el dinero hizo que una vocecita le susurrara al oído: *Quizá si no te hubieran tenido a ti podrían permitirse todo lo que quisieran.* Pero él no comía tanto, y toda su ropa era heredada de Mathew y Mark. Y, ¿cuánto podía costar calentar su habitación del desván? A veces encontraba cristales de hielo en la silla en la que se sentaba a observar el vecindario. Intentó ignorar la voz.

Lo que más le molestaba era que, sin la idea del cultivo hidropónico para mantenerlo ocupado, papá apenas saldría de la granja durante el resto del invierno. Luke solo fue a casa de Jen una vez en todo febrero, y dos veces en marzo, cuando papá empezó a conducir en busca de los mejores precios para las semillas de maíz.

No obstante, cada vez que iba a verla, Jen lo saludaba con grandes abrazos y actuaba como si estuviera genuinamente emocionada de verlo. Su rabieta de enero parecía olvidada. Un día, los dos hicieron un desastre en la cocina de los Talbot horneando galletas.

—¿No les importará a tus padres? —preguntó Luke cuando Jen lo regañó por intentar limpiar las huellas de harina de los armarios, la nevera y la cocina.

—¿Estás de broma? Querrán que se repita. Estarán encantados de ver cualquier signo de domesticidad por mi parte —dijo Jen.

En otra ocasión, jugaron a juegos de mesa toda la mañana, tirados en el suelo de la habitación familiar de los Talbot.

El tercer día se pasaron todo el tiempo hablando. Jen cautivaba a Luke con historias de lugares en los que había estado, personas que había conocido y cosas que había visto.

—Cuando era pequeña, mamá me llevaba a un grupo de juego formado por terceros hijos —le contó Jen, soltando una risita—. La cosa era que todos eran hijos de funcionarios del gobierno. Creo que a algunos de los padres ni siquiera les gustaban los niños, simplemente pensaban que era un símbolo de estatus infringir la Ley de Población y salirse con la suya.

—¿Qué hacías en ese grupo de juego?

—Jugaba, por supuesto. Todos tenían muchos juguetes. Y uno de los niños tenía un perro que traía a veces, y todos nos turnábamos para darle de comer pienso para perros.

—¿Esa gente también tenía mascotas? —preguntó Luke, incrédulo.

—Bueno, ya sabes, son barones —concluyó Jen.

Luke frunció el ceño. Se dejó caer en el mullido sofá, tan diferente de todo lo que había en su propia casa.

—Mi padre dice que, cuando era pequeño, casi todos los que conocía tenían mascotas. Él tenía un perro llamado Bootsy y un gato llamado Stripe. Habla de ellos todo el tiempo. ¿Por qué el gobierno ilegalizó las mascotas?

—Oh, ya sabes, por lo de la comida —dijo Jen, cogiendo una galleta de chocolate de un paquete que estaban compartiendo y agitándola en el aire para subrayar sus palabras—. Sin perros ni gatos, hay más comida para los humanos. Mi padre dice que, si no fuera porque los barones infringen la ley, muchas especies se habrían extinguido.

Luke miró la galleta que tenía en la mano. ¿Se suponía que ahora debía sentirse culpable por comer alimentos que deberían haber ido a parar a los animales, además de a otras personas?

Jen vio su expresión.

—Ey, no te pongas tonto. Todo es una estafa, ¿recuerdas? Hay comida más que suficiente en el mundo, especialmente ahora que no nacen suficientes bebés.

—¿Qué? —reaccionó Luke.

—Bueno, además de aprobar la Ley de Población, el gobierno hizo una gran campaña para hacer creer a las mujeres que era algo malo quedarse embarazadas y tener hijos. Pusieron carteles en todas las ciudades, carteles en los que podía leerse cosas como «¿Quién es el peor criminal?» bajo la foto de una mujer embarazada y, no sé, unos delincuentes de aspectos muy desagradables. Y si leías el cartel entero, te decía que la mujer era la peor de todos. En otro —Jen soltó una risita— había una foto de una enorme barriga de embarazada, con el rótulo: «Señoras, ¿quieren tener este aspecto?». Y a las mujeres no se les permite ir a ningún sitio cuando se quedan embarazadas. Mi padre me dijo que ahora nacen tan pocos niños que la población se va a reducir a la mitad.

Luke sacudió la cabeza, confuso como siempre.

—Entonces, ¿por qué el gobierno no quita los carteles y deja que la gente tenga todos los niños que quiera?

Jen puso los ojos en blanco.

—Luke, tienes que dejar de buscarle la lógica a cada cosa. Es el gobierno, ¿recuerdas? Es por eso por lo que tenemos que hacer la manifestación.

Luke cambió de tema tan rápido como pudo.

—¿Qué hacen las mujeres si no pueden ir a ninguna parte todo el tiempo que están embarazadas? No sé los humanos, pero los cerdos tardan casi cuatro meses en tener una cría. ¿Las mujeres se quedan en casa todo ese tiempo?

—¿Escondiéndose como nosotros, quieres decir? Muchas fingen que solo están engordando. Mi madre dijo que fue de compras el día antes de que yo naciera y nadie se dio cuenta. Pero así es mi madre con lo de las compras.

Después empezó a contar que su madre había llevado a Jen de compras a una ciudad a diez horas de distancia, solo porque había oído que allí vendían buenos bolsos.

—Esa, probablemente, es la única razón por la que mis hermanos no me delatan —dijo Jen—. Si no me tuviera a mí, mi madre los obligaría a ir de compras. ¿Te imaginas a esos dos gorilas cargados con bolsas de la compra?

Jen hizo una imitación, arrastrando imaginarias bolsas cargadas de prendas. Aunque Luke solo había visto a sus hermanos de lejos, captó el parecido y se rio.

—Tus hermanos nunca te delatarían —protestó—. ¿O sí?

—Claro que no —aceptó Jen—. Me adoran. Se abrazó a sí misma burlonamente y se dejó caer en el sofá junto a Luke. De todos modos, no serían lo bastante listos como para averiguar cómo delatarme sin meter en problemas al resto de la familia. ¿Y tus hermanos?

—No son estúpidos —dijo Luke, a la defensiva—. ¿O quieres decir...

—¿Te traicionarían? —Jen entrecerró los ojos, tenía verdadera curiosidad—. No ahora, necesariamente, pero, digamos, dentro de unos años, si tus padres estuvieran muertos y no perjudicara a nadie más que a ti, y obtuvieran mucho dinero a cambio de hacerlo.

Era una pregunta que Luke nunca se había planteado. Pero sabía la respuesta.

—Nunca —respondió, con la voz quebrada por la seriedad—. Pongo la mano en el fuego por ellos. Quiero decir, crecimos juntos.

Era extraño cómo podía estar tan seguro, porque ya apenas se tomaban tiempo siquiera para bromear con él. Mathew iba muy en serio con su novia y pasaba todos sus ratos libres en su casa. De repente, Mark se había vuelto loco por el baloncesto y había convencido a papá para que clavara una vieja llanta en la parte delantera del granero a modo de aro. Luke podía oírle fuera, lanzando balones hasta altas horas de la noche. Por muy seguro que estuviera de su lealtad, a veces Luke sentía que sus hermanos habían crecido demasiado. Los echaba de menos.

Pero no importaba. Ahora tenía a Jen.

Luke evitó que Jen hablara de la manifestación el resto del día y ni siquiera se acercaron al ordenador. Solo se divirtieron. Se arrastró de vuelta a su casa unas horas más tarde, pensando que ya no le importaba en absoluto tener que esconderse. Podría seguir así para siempre, con tal de visitar a Jen. Pronto se volverían a llenar de hojas los árboles y se sentiría aún más seguro al volver a casa. Y cuando empezara la temporada de siembra, papá estaría en el campo todo el día y Luke podría ver a Jen todo el tiempo.

Pero abril llegó antes de la temporada de siembra.

Capítulo 22

Llovió durante las dos primeras semanas de abril, y Luke no paraba de preguntarse cuándo volvería a ver a Jen. Finalmente, la tierra se secó y papá se dirigió a los campos para arar. Luke corrió a casa de Jen.

—¡Qué bien! —lo saludó ella—. Podrás conocer los planes de batalla por adelantado. Temía que tuviéramos que recogerte el jueves por la noche y ponerte al corriente sobre la marcha

Luke cerró la puerta con cuidado y enderezó las persianas para que Jen y él quedaran totalmente ocultos. Luego se volvió hacia ella.

—¿De qué estás hablando? —preguntó.

Pero lo sabía. Su corazón empezó a latir con más fuerza que en su primera carrera por los patios traseros.

—De la manifestación, por supuesto —dijo Jen con impaciencia—. Ya está todo preparado. Llevaré uno de los coches de mis padres y recogeré a otros tres chicos de camino. Pero me he asegurado de que hubiera sitio para ti. Deberías sentirte afortunado, muchos chicos van a ir andando. Nos reuniremos en casa del presidente a las seis de la mañana.

Luke cogió el cordón de las persianas.

—¿Sabes conducir? —preguntó.

—Bastante bien —se lo dijo con una sonrisa taimada—. Mis hermanos me han enseñado. Ven.

Le hizo señas para que se acercara al sofá. Él se hundió en él mientras Jen se encaramaba al borde.

—¿Y si la Policía de Población os detiene antes de llegar a la capital? —le preguntó.

—Nos detiene, querrás decir. A nosotros. Tú también vas, ¿recuerdas? No te preocupes, nadie nos detendrá —soltó una risita—. He comprobado en el ordenador los horarios de los empleados gubernamentales. Digamos que varios miembros de la Policía de Población se han tomado unos días libres inesperados.

—¿Estás diciendo que has cambiado sus horarios? ¿Puedes hacerlo?

Jen asintió con un brillo perverso en los ojos.

—Tardé un mes entero en descubrir cómo, pero ahora estás ante una *hacker* consumada.

Poco a poco, Luke se dio cuenta de por qué Jen había parecido tan relajada y feliz en sus últimas visitas. Habían sido vacaciones para ella, descansos del intenso trabajo en los planes para la manifestación. La miró más de cerca y vio la fatiga en sus ojos. Parecía una versión más joven de mamá después de un turno de doce horas en la fábrica de pollos, o de papá después de un largo día embalando heno. Pero había algo más en su expresión: sus padres nunca habían parecido tan febrilmente aturdidos.

—¿Y si alguien descubre lo que has hecho y lo cambia?

Jen negó con la cabeza.

—No lo harán. Fui muy cuidadosa. Coordiné los planes de viaje de todos y solo eliminé a los policías que tenían que ser eliminados. ¿No estás emocionado? Vamos a ser libres después de todos estos años —se inclinó y sacó una gavilla de papeles de debajo del sofá—. El mejor escondite del mundo. A la criada le da pereza limpiar ahí debajo. Bien, veamos: te recogeré a las diez de la noche y...

Luke se alegró de que ella estuviera mirando los papeles en vez de a él. No habría sido capaz de mirarla a los ojos.

—Muy bien, de acuerdo, no van a pillar a nadie de camino a la capital. Pero una vez allí, en la casa del presidente, alguien llamará a la Policía de Población, y entonces...

Luke sintió pánico solo de pensarlo.

Jen no se inmutó.

—¿Y qué? No me importa a quién llamen una vez que estemos allí. Vaya, puede que yo misma llame a la Policía de Población. No van a hacer nada con una multitud de mil personas, y menos cuando muchos de nosotros somos parientes de funcionarios del gobierno. Haremos que nos escuchen. Vamos a iniciar una revolución.

Luke apartó la mirada.

—Pero, ¿y tus amigos? Recuerdo que te enfadaste con ellos porque no estaban por la labor. ¿Y si no aparecen?

—¿Qué quieres decir? —la voz de Jen adoptó un tono feroz.

Luke apenas podía hablar por el pánico que sentía en su interior.

—En el chat estaban haciendo bromas. Carlos y Sean y los demás. Dijiste que no se lo tomaban en serio.

—Oh, eso. Ocurrió hace mucho tiempo. Están todos en el ajo. Están entusiasmados. Carlos es mi lugarteniente en todo esto. No creerías lo mucho que ha ayudado. De modo que nos vemos a las diez en punto, ¿vale?, luego hay ocho horas hasta la capital, y... —volvió a consultar sus papeles—. ¿Qué tipo de pancarta quieres llevar? ¿«Merezco una vida» o tal vez «¡Derogación de la Ley de Población ya!»? ¿O una con este mensaje que encontré en un viejo libro: «Dadme la libertad o dadme la muerte»?

Luke intentó imaginar lo que Jen parecía dar por sentado. Podía subirse a un coche. Se había sentado en la camioneta del granero; un coche no era muy diferente. Y, durante ocho horas, eso sería todo lo que tendría que hacer: sentarse. No era tan difícil. Salvo que el pánico lo invadiría durante las ocho horas por el destino al que se dirigiría ese coche. ¿Y luego qué? ¿Salir, en plena calle, y caminar en dirección a la casa del presidente? ¿Con una pancarta? La imaginación no le alcanzaba para tanto. Empezó a sentir sudores fríos.

—Jen, yo... —empezó a decir.

—¿Sí?

Jen esperó. El silencio entre ellos parecía crecer, hinchándose como un globo. Luke se esforzó por hablar.

—No puedo ir.

Jen lo miró boquiabierta.

—No puedo —volvió a decir, con voz muy débil.

Jen sacudió la cabeza enérgicamente.

—Sí que puedes —dijo—. Sé que tienes miedo. ¿Y quién no? Pero esto es importante. ¿Quieres esconderte toda la vida o quieres cambiar la historia?

Luke trató de emplear el sentido del humor.

—¿No hay otra opción?

Jen no se rio. Saltó del sofá.

—Otra opción, otra opción —se paseó, luego se echó hacia atrás para mirar a Luke—. Puedes ser un cobarde y esperar que alguien cambie el mundo por ti. Puedes esconderte en tu desván hasta que alguien llame a tu puerta y te diga: «Ya puedes salir, han liberado a los ocultos». Dime: ¿eso es lo que quieres?

Luke no contestó.

—Tienes que venir, Luke, o te odiarás el resto de tu vida. Cuando ya no tengas que esconderte, aunque pasen años, siempre habrá una pequeña parte de ti que te susurrará: «No me merezco esto. No luché por ello». Y lo mereces, Luke, lo mereces. Eres inteligente y divertido y agradable, y deberías estar viviendo la vida, en vez de estar enterrado vivo en esa vieja casa tuya.

—Tal vez no me importa esconderme tanto como a ti —dijo Luke con un hilo de voz.

Jen lo miró fijamente, sin apartar la vista de él.

—Sí, lo odias. Odias las paredes tanto como yo. Tal vez más. ¿Te has escuchado alguna vez? Cada vez que hablas de cómo solías salir al aire libre y trabajar en el jardín o algo así, resplandeces. Se te ve vivo. Aunque no sea por otra cosa, ¿no quieres recuperar la vida más allá de la puerta de tu casa?

Lo que Luke quería en aquel instante era alejarse de Jen. Porque ella tenía razón. Todo lo que decía era cierto. Pero eso no podía significar que él tuviera que ir. Se acurrucó más en el sofá.

—No soy valiente como tú —dijo.

Jen lo cogió de los hombros y lo miró a los ojos.

—Ah, ¿no? Te atreviste a venir hasta aquí, ¿lo recuerdas? Y una cosa más: ¿por qué siempre eres tú el que hace el viaje? ¿Has pensado en eso alguna vez? Si yo soy mucho más valiente, ¿cómo es que no arriesgo mi vida para verte?

Había mil respuestas para eso. *Porque fui yo quien te encontré primero. Porque tu casa es más segura que la mía. Porque te necesito más de lo que tú me necesitas a mí. Porque aquí está tu ordenador y todos tus amigos del chat. Y vas a sitios.* Luke se escabulló.

—Mi padre pasa demasiado tiempo en casa —dijo—. Es más seguro así. Solo te estoy protegiendo.

Jen dio un paso atrás.

—Se agradece la caballerosidad —dijo con amargura—. Ya tengo suficiente gente protegiéndome. Si tanto te importo, ¿por qué no me ayudas a liberarme? Dices que no vendrás a la manifestación por ti; pues bien, hazlo por mí. Es todo lo que te pido.

Luke se estremeció. Cuando ella planteaba las cosas de esa manera, ¿cómo podía negarse? Excepto que no podía ir: la idea lo superaba.

—Estás loca —le dijo—. No puedo ir, y tú tampoco deberías. Es demasiado peligroso.

Jen le dirigió una mirada decepcionada.

—Ya puedes irte —dijo fríamente—. No tengo tiempo que perder contigo.

Luke podía sentir el hielo en sus palabras. Se puso de pie.

—Pero...

—Vete —dijo Jen.

Luke se fue tropezando hacia la puerta. Se detuvo junto a las persianas y se dio la vuelta.

—Jen, ¿no lo entiendes? Quiero que funcione. Tengo la esperanza...

—La esperanza no significa nada —le espetó Jen—. La acción es lo único que cuenta.

Luke salió por la puerta. Se quedó en el patio de los Talbot, parpadeando a la luz del sol, respirando el olor a aire fresco y a peligro. Luego se dio la vuelta y corrió a casa.

Capítulo 23

Luke dejó que la puerta de la cocina se cerrara con estruendo tras él sin darle importancia. Estaba tan enfadado que se le nublaba la vista. Qué descaro, decirle «no tengo tiempo que perder contigo». ¿Quién se creía que era? Subió corriendo las escaleras. Ella siempre se había creído mejor que él, solo porque era una baronesa, presumiendo con su refresco y sus patatas fritas y su sofisticado ordenador. ¿Y qué? Que sus padres tuvieran mucho dinero no significaba que fuera especial. No es algo que se hubiera ganado. ¿Quién era ella? Solo una chica mayor y engreída. Deseó no haber ido nunca a su casa. Todo lo que había hecho ella era presumir, y restregárselo por la cara. Eso es todo lo que era la manifestación, en definitiva: otra forma de ponerse por encima de él. *«Ey, mira, soy una tercera hija y puedo ir a la casa del presidente y nadie me hará daño». Ojalá le dispararan. Eso le enseñaría cómo son en realidad las cosas.*

Paró antes de cerrar la puerta del desván. *No, no, lo retiro*, se dijo. No quería que nadie le disparara. Le flaquearon las rodillas y tuvo que sentarse en las escaleras, toda su rabia se convirtió de repente en miedo. ¿Y si alguien le disparaba? Recordó el cartel que ella le había preguntado si quería llevar: «Dadme la libertad o dadme la muerte». ¿Hablaba en serio? ¿Esperaba exponerse a eso? Evitó pensar en el resto. ¿Y si nunca volvía? Debería ir a la manifestación, aunque solo fuera para proteger a Jen. Pero no podía...

Enterró la cara entre las manos, tratando de ocultarse de sus propios pensamientos.

Mamá lo encontró allí horas más tarde, todavía agazapado en las escaleras.

—¡Luke! ¿Te estabas impacientando porque he tardado en llegar a casa? ¿Has tenido un buen día?

Luke la miró como si fuera una visión de otro mundo.

—Yo... —empezó a decir, listo para soltarlo todo. Era demasiado para guardárselo dentro.

Mamá le palpó la frente.

—¿Es que estás enfermo? Estás tan pálido... Me preocupas, Luke, pienso en ti todo el día. Pero luego me recuerdo a mí misma que estás a salvo aquí en casa, fuera de peligro —le dedicó una sonrisa cansada y le revolvió el pelo.

Luke tragó saliva y se recompuso. ¿En qué estaba pensando? No podía contarle a nadie lo de Jen. No podía traicionarla.

—Estoy bien —mintió—. Es que hace tiempo que no me da el sol. No es que me queje, claro —añadió apresuradamente.

Volvía a esconderse.

Capítulo 24

Durante tres días, Luke estuvo angustiado. Unas veces concluía que tenía que detener a Jen, persuadirla de que no siguiera con su plan disparatado. A veces concluía que lo que debía hacer era ir con ella. Otras volvía a enfadarse y pensaba que debía ir hasta allí y exigirle una disculpa.

Pero cualquier cosa que pudiera hacer requería ver a Jen, y eso no era posible. Llovía a cántaros todos los días; largos y lúgubres chaparrones hacían que Luke se sintiera peor mientras los observaba desde los conductos de ventilación del desván. Abajo oía a papá dando pisotones, murmurando de vez en cuando sobre el tiempo y la tierra vegetal que se perdía con cada gota de lluvia. Luke se sentía como un prisionero.

El jueves por la noche se fue a la cama convencido de que nunca podría dormir por imaginarse a Jen y a los demás en su coche, cada vez más lejos de él y cada vez más cerca del peligro. Pero debió de quedarse dormido, porque se despertó en la más absoluta oscuridad. El corazón le latía con fuerza. Estaba sudoroso. ¿Era por algo que había soñado? ¿O por algo que había oído? Una tabla del suelo crujió. Sus oídos se esforzaban dolorosamente por escuchar. ¿Era la respiración de otra persona o solo la suya, fuerte y asustada? Un rayo de luz le pasó por la cara. «¿Luke?». Un susurro.

Luke se sobresaltó en la cama.

—¿Jen? ¿Eres tú?

Ella apagó su linterna.

—Sí. Casi me mato subiendo tus escaleras. ¿Por qué no me dijiste que eran tan estrechas? —sonaba como la misma Jen de siempre, ni enojada ni enajenada.

—No me imaginé que vendrías y las subirías —dijo Luke.

Era una locura estar hablando de escaleras ahora, en mitad de la noche, en su habitación. Cada palabra que pronunciara cualquiera de los dos estaba cargada de peligro. Mamá tenía el sueño ligero. Pero Luke estaba encantado de no seguir adelante, de no hablar de lo que Jen realmente había venido a hablar.

—Tus padres no cerraron las puertas con llave —dijo Jen. A ella también parecía costarle arrancar—. Supongo que al final fue una suerte que el gobierno prohibiera las mascotas. ¿No solían tener los granjeros grandes perros guardianes que le arrancaban la cabeza a la gente de un mordisco?

Luke se encogió de hombros, luego recordó que Jen no podía verlo en la oscuridad.

—Jen, yo... —no estaba seguro de lo que iba a decir hasta que lo dijo—. Todavía creo que no debo ir. Lo siento. Es porque mis padres son granjeros, no abogados. Y porque no soy un barón. Es la gente como tú la que cambia la historia. La gente como yo dejamos simplemente que las cosas nos pasen.

—No. Te equivocas. Puedes hacer que las cosas ocurran —Luke sintió, más que vio, a Jen sacudiendo la cabeza.

Incluso en la oscuridad, podía visualizar cada mechón de su pelo cortado con precisión rebotando y volviendo a su sitio.

—Lo siento —continuó—. No he venido aquí para intentar convencerte. Esto es peligroso y nadie debería ir si no quiere. El otro día fui demasiado dura contigo. Solo quería decirte que has sido un buen amigo. Te echaré de menos.

—Pero volverás —dijo Luke—. Mañana, o pasado mañana, después de la manifestación. Iré a visitarte. Si tu manifestación funciona, entraré por la puerta principal.

—Eso espero —dijo Jen en una voz tenue que se fue apagando—. Adiós, Luke.

Capítulo 25

Luke no pegó ojo el resto de la noche. Al amanecer, se levantó y fregó en silencio el barro que Jen había arrastrado por las escaleras. Confiaba en que ella recordara hacer lo mismo en su casa. Esperaba fervientemente que hubiera pensado en todos los detalles de la manifestación.

Estaba terminando de fregar el suelo de la cocina cuando oyó que arriba tiraban de la cadena. Escondió los trapos embarrados en la basura y regresó a su lugar en la escalera justo a tiempo para encontrarse con mamá, que bajaba.

—Buenos días, madrugador —bostezó—. ¿Te has despertado esta noche? Me pareció oír algo.

—Me costó dormirme —dijo Luke, sincero; mamá bostezó de nuevo.

—Y te has levantado temprano... ¿te encuentras bien?

—Sí, solo tengo un poco de hambre.

Pero picoteaba su comida. Todo lo que comía se le atascaba en la garganta.

Cuando el resto de su familia se fue, se arriesgó a acercarse a hurtadillas y poner la radio a bajo volumen. Daban partes meteorológicos y anuncios de semillas de soja y mucha música.

—Vamos, vamos —murmuró, sin quitar ojo a la ventana lateral, atento por si venía papá.

Finalmente, la voz de la radio anunció las noticias. El ganado de alguien se había escapado y había provocado un pequeño accidente de coche. No había heridos. Un portavoz del gobierno predijo una mala temporada de siembra a causa de las lluvias.

Nada sobre la manifestación.

Papá volvía a casa. Luke apagó la radio y corrió hacia las escaleras.

Durante la comida, papá olvidó encender la radio y Luke tuvo que recordárselo. El locutor prometió una gran historia después de los anuncios. Cuando se acabó el bocadillo, papá se acercó para apagar la radio.

—¡No, no, espera! —le insistió Luke—. Esto podría ser interesante... —papá se sorprendió, pero no la apagó finalmente.

El locutor volvió. Se aclaró la garganta y declaró que las nuevas estadísticas del gobierno demostraban que la cosecha de alfalfa del año pasado había batido el récord de la década.

Así estuvo durante días. Luke siguió esperando, ansioso por oír algo. Pero las pocas veces que pudo acceder a la radio, no dijeron nada.

Cada vez que su padre salía de casa durante un rato, Luke encendía la luz de la puerta trasera, su vieja señal para Jen. Miraba tan fijamente, deseando que se encendiera una luz a modo de respuesta, que creía que se iba a quedar ciego. Pero nada ocurría.

Se dedicó a vigilar su casa tan obsesivamente como cuando descubrió su existencia. No había ni rastro de ella. El resto de su familia iba y venía como de costumbre. ¿Parecían más tristes? ¿Felices? ¿Preocupados? ¿En paz? Desde la distancia, era incapaz de decirlo.

Estaba tan desesperado que le preguntó a su madre si había pensado en ir a visitar a los nuevos vecinos para darles la bienvenida. Ella lo miró como si estuviera trastornado.

—Llevan allí meses. Ya casi no son nuevos. Y son barones —le dijo. Se rio de una manera que no ocultaba
su amargura—. Créeme, no quieren que los visitemos.

¿Y qué se suponía que debía hacer ella? ¿Algo así?
«Encantada de conocerlos. Ahora, cuéntenme todo sobre
esa hija de la que nunca hablan».

Después de una semana, Luke se sentía trastornado. Cada vez que alguien le hablaba, saltaba. Mamá le
preguntaba tan a menudo si estaba bien que empezó a
evitarla. Pero no podía quedarse sentado en el desván,
esperando. Daba vueltas todo el tiempo. Se movía, inquieto. Se mordía las uñas.

Finalmente, ideó un plan.

Capítulo 26

Por fin, una semana y media después de la manifestación, amaneció un día tan claro y seco que Luke supo que papá estaría todo el día en el campo. Sin esperanza, encendió la luz de la puerta trasera. Tras cinco minutos sin respuesta, la apagó y salió por la puerta en silencio.

El aire frío fue una sacudida; por un breve instante, lo obligó a detenerse. Aquello era más peligroso que nunca.

Pero tengo que saberlo, murmuró con fiereza, y se arrastró junto al granero antes de emprender la carrera hacia la casa de Jen. Tuvo que arrancar la mosquitera y romper el cristal de una de las ventanas de los Talbot, cosa que no le gustó hacer. Pero a esas alturas ya nada importaba. Si Jen estaba allí, podría pensar en una excusa. Y si no estaba... si no estaba, él nunca volvería a casa de los Talbot.

Una vez dentro, supo que tenía que hacer algo con la alarma a toda prisa. Jen se lo había explicado una vez, le había dicho la secuencia exacta de botones que debía pulsar para desactivarla. Corrió al armario del vestíbulo, abrió la puerta de un tirón y pulsó los botones rápidamente, temiendo olvidar la secuencia si dudaba un segundo. Verde; azul; amarillo; verde; azul; naranja; rojo.

Las luces parpadearon antes de que pulsara el último botón, y eso le asustó. ¿Era así como funcionaba antes?

Deprisa, deprisa, se urgió a sí mismo. Las palabras resonaban en su cerebro.

—¿Jen? —la llamó—. ¿Jen?

Subió y bajó las escaleras, mirando en todas las habitaciones.

—¿Jen? No tienes que esconderte. Soy yo. Luke.

La casa era enorme, tres pisos y un sótano. No podía buscar en todas partes, pero si Jen estaba allí, ¿por qué se escondería? Contra toda lógica, seguía esperando encontrarla.

—¿Jen? Vamos, Jen. Esto no tiene gracia.

Encontró las habitaciones enormes y elegantes, con camas bellamente labradas y largos armarios con espejos. Ni siquiera podía decir cuál era la de Jen.

Finalmente, admitió su derrota y bajó corriendo a la sala donde estaba el ordenador.

Se abalanzó sobre el teclado y tecleó la misma secuencia de letras que tantas veces había visto teclear a Jen. Sus dedos eran torpes y no paraba de meter la pata. Finalmente, llegó a la contraseña del chat. L, I, R, R, E. No. Borrar. L, I, R, B, E. No. Por fin lo consiguió. L, I, B, R, E.

La pantalla se quedó en blanco, sin las bromas amistosas que habían aparecido por arte de magia cada vez que había observado a Jen. ¿Había hecho algo mal? Frenéticamente, salió y volvió a entrar en el chat, con las manos temblorosas. Seguía sin aparecer nada. Tímidamente, usando solo el índice derecho, tecleó: «¿Dónde está Jen?». Tuvo que sujetarse una mano con la otra para estabilizar el dedo lo suficiente como para pulsar la tecla «intro».

Casi instantáneamente, sus palabras desaparecieron y reaparecieron en la parte superior de la pantalla. Esperó. Nada. La pantalla permaneció en blanco, nadie atendió a su pregunta.

Como nada era peor que no hacer nada, volvió a escribir: «¿Hola? ¿Hay alguien ahí?».

Seguía sin aparecer nada. Golpeó la mesa del ordenador con el puño con tanta fuerza que le dolió.

«Tengo que saberlo», gritó. «Decídmelo. No puedo volver a casa hasta que lo sepa».

Oyó la puerta demasiado tarde para reaccionar. Y de repente una voz retumbó detrás de él:

—Date la vuelta despacio. Tengo una pistola. ¿Quién eres y por qué estás aquí?

Capítulo 27

Luke reprimió su instinto de correr. Se dio la vuelta tan despacio como pudo. Las armas habían sido prohibidas para todo el mundo menos para los funcionarios del gobierno mucho antes de que él naciera. Pero reconoció el objeto que le apuntaba por los libros y las descripciones de papá. Él le había hablado muchas veces de rifles y escopetas de caza, grandes armas para abatir ciervos o lobos. Esta arma era más pequeña. Estaba diseñada para matar humanos.

Todo eso pasó por la mente de Luke antes de mirar más allá del arma, al hombre que la sostenía. Era alto y entrado en carnes, y sus caras ropas apenas ocultaban parcialmente su corpulencia. Luke solo lo había visto de lejos.

—Usted es el padre de Jen —dijo.

—No te he preguntado quién soy —le espetó el hombre—. ¿Quién eres tú?

Luke exhaló lentamente.

—Un amigo de Jen —dijo con cautela.

Solo porque tenía el arma muy, muy cerca, vio cómo el hombre la bajaba una fracción de centímetro.

—Por favor —dijo Luke—. Solo quiero saber dónde está.

Esta vez el hombre relajó claramente la mano del arma. Dio la vuelta por detrás de Luke y apagó el ordenador.

—Jen dice que hay que aparcar el disco duro antes de hacer eso —dijo Luke.

—¿Cómo sabes lo de Jen? —preguntó el hombre, entrecerrando los ojos.

ENTRE LOS ESCONDIDOS

Luke parpadeó. Se dio cuenta de que el hombre estaba regateando, preparándose para negociar. Quería algo de Luke antes de contarle nada sobre Jen. ¿Pero qué?

—Yo también soy un tercer hijo —dijo Luke, finalmente. La expresión del hombre no cambió, pero Luke creyó ver un destello de interés en sus ojos—. Soy su vecino. Me enteré de su existencia y empecé a venir cada vez que podía.

—¿Cómo sabías que estaba aquí? —le preguntó el hombre.

—Porque vi... —Luke no quería meterla en problemas— vi luces un día que sabía que todos se habían ido. Lo supuse. Yo... realmente quería que hubiera otro tercer hijo, alguien a quien pudiera conocer y con quien relacionarme.

—Así que fue por un descuido de Jen —dijo el hombre, con un matiz en su voz que Luke no entendió.

—No —dijo Luke inseguro—. Era yo el que la observaba.

El hombre asintió, solo para mostrar a Luke que aceptaba su respuesta. Luego se sentó en la silla junto a la mesa del ordenador, y dejó la pistola sobre una pierna. Luke tomó eso como una señal de que la conversación podría durar lo suficiente como para que él averiguara algo.

—¿Te enseñó Jen a desactivar nuestro sistema de alarma?

En esta ocasión, Luke creyó que mentir carecía de sentido.

—Sí. Pero debo haber metido la pata, porque usted ha venido.

—No —dijo el hombre—. Si hubieras metido la pata, habrían venido los guardias de seguridad. Pero lo

128

tengo configurado para que se me notifique automáticamente si el sistema se apaga mientras estoy fuera... Dadas las circunstancias, decidí investigar yo mismo.

Luke quiso preguntar a qué «circunstancias» se refería, pero el hombre ya estaba haciendo otra pregunta.

—¿Qué más hicisteis Jen y tú juntos?

Luke no entendía por qué sonaba tan acusador.

—Nada —dijo Luke—. Quiero decir, hablamos mucho. Ella me enseñó su ordenador. Ella... ella quería que fuera a la manifestación, pero yo estaba demasiado asustado.

Demasiado tarde. Luke se preguntó si el hombre sabía algo acerca de la manifestación. ¿Estaba Luke traicionando la confianza de Jen? Pero el hombre no parecía sorprendido. Estaba estudiando a Luke tan atentamente como Luke lo estudiaba a él.

—¿Por qué no la detuviste? —preguntó el hombre.

—¿Detener a Jen? Eso es como intentar detener el sol —dijo Luke.

El hombre le dedicó a Luke una leve sonrisa, una sonrisa sin sombra de felicidad.

—Acabo de recordarlo —dijo el hombre.

—¿Dónde está? —preguntó Luke.

El hombre miró hacia otro lado.

—Jen está... —se le quebró la voz—. Jen ya no está con nosotros.

—¿Quiere decir...?

—Está muerta —dijo el hombre con toda crudeza.

De algún modo, Luke lo había sabido sin querer saberlo. Aun así, se tambaleó hasta casi caerse al suelo, conmocionado. Chocó con el sofá y se dejó caer en él.

—No —dijo—. Jen no. No. Está mintiendo.

Sus oídos rugieron. Pensó cosas descabelladas. *Esto es un sueño. Una pesadilla. ¡Que me despierten!* Recordó a Jen hablando a mil por hora, gesticulando salvajemente. ¿Cómo podía estar muerta? Intentó imaginársela quieta, sin moverse. Muerta. Pero era imposible.

El hombre negaba con la cabeza, impotente.

—Daría cualquier cosa por tenerla de vuelta — susurró—. Pero es verdad. La vi con mis propios ojos. Nos dieron... nos dieron el cuerpo. Privilegio especial para un funcionario del gobierno —su voz era tan amarga que Luke apenas podía escuchar—. Y ni siquiera pudimos enterrarla en la parcela familiar. No se me permitió tomarme el día libre para enterrarla. No podíamos decirle a nadie por qué íbamos por ahí con los ojos rojos y el corazón roto. No, se nos obligó a fingir que éramos la misma familia de siempre.

—¿Cómo? ¿Cómo... murió?

Luke fabulaba: si el coche en el que iban hubiera acabado en el río, no sería tan malo. O tal vez no tenía nada que ver con la manifestación. Tal vez lo que ocurrió es que se puso muy enferma.

—Le dispararon —dijo el padre de Jen—. Les dispararon a todos. A los cuarenta chicos de la manifestación, les dispararon justo delante de la casa del presidente. La sangre que salía de sus cuerpos acabó en sus rosales, tiñó sus arbustos. Pero hicieron fregar las aceras antes de que llegaran los turistas, para que nadie se enterara.

Luke empezó a negar con la cabeza sin parar.

—Pero Jen dijo que iban a ser muchos, que no se atreverían a disparar. Dijo que habría mil personas —protestó Luke, como si las palabras de Jen pudieran cambiar lo que estaba oyendo.

—Nuestra Jen tenía demasiada fe en la valentía de sus compañeros ocultos —dijo el padre.

Luke se estremeció.

—Le dije que no podía ir. ¡Se lo dije! No es culpa mía.

—No —dijo el padre de Jen en voz baja—. Y tú no podrías haberla detenido. No es culpa tuya. Hay muchas otras personas que sí son culpables. Probablemente habrían disparado a mil. O a quince mil. No les importa.

Se le torció el gesto. Luke pensó que nunca había visto tanto dolor, ni siquiera la vez que Mathew dejó caer un mazo en su pie. El rostro del padre de Jen se llenó de lágrimas.

—Lo que no me cabe en la cabeza es... ¿por qué lo hizo, por qué se embarcó en esa cruzada? No era estúpida. Llevábamos toda la vida advirtiéndole sobre la Policía de Población. ¿Realmente pensó que lo de la manifestación funcionaría?

—Sí —le aseguró Luke.

Entonces, sin proponérselo, recordó las últimas palabras que ella le había dicho: «Eso espero», después de que ella le dijera que era inútil tener esperanza. Tal vez supiera que la manifestación fracasaría. Puede que supiera incluso que probablemente moriría. Recordó el primer día que la conoció, cuando se cortó la mano para cubrir las gotas de su sangre en la alfombra. Había algo extraño en Jen que no alcanzaba a entender, que la hacía estar dispuesta a sacrificarse para ayudar a los demás. O para intentarlo.

—Creo que al principio pensó que la manifestación funcionaría —le dijo Luke al padre de Jen—. Y después, incluso cuando dejó de estar segura... tuvo que ir de todos modos. Jamás lo cancelaría.

—¿Por qué? —preguntó el padre, que por entonces lloraba desconsolado— ¿Es que quería morir?

—No —dijo Luke—. Ella quería vivir, no morir. No esconderse: vivir.

Las palabras sonaban una y otra vez en su cerebro: «No esconderse: vivir. No esconderse: vivir». Mientras se aferraba a ellas, sentía que Jen estaba allí con él. Acababa de salir de la habitación un momento, quizá para comprar más patatas fritas, y pronto volvería para sermonearle de nuevo sobre cómo ambos merecían una vida mejor que permanecer escondidos. Podía creer que era su voz la que resonaba en sus oídos.

Pero si soltaba esa imagen, si dejaba que las palabras se detuvieran un minuto, estaba perdido. Sentía que el mundo entero le daba vueltas y que estaba solo. Quería gritar: «¡Jen! ¡Vuelve!», como si ella pudiera oírle, detener aquella espiral y acudir a su lado.

Como a gran distancia, Luke oyó que el padre de Jen suspiraba y se sonaba la nariz con aire serio.

—Puede que no estés preparado para oír esto —le dijo—. Pero... —mareado, Luke levantó la cabeza y escuchó sin prestar mucha atención— cuando te conectaste a ese chat sonó una alarma en una sala del cuartel general de la Policía de Población. Vigilan el chat muy de cerca; lo encontraron después de la manifestación. He conseguido... ocultar cosas sobre Jen, pero rastrearán tu mensaje hasta nuestro ordenador. La Policía de Población está de vuelta; ya rastrea pistas sobre la manifestación en el mundo digital. Calculo que todavía tengo un día o dos para pensar en una explicación plausible cuando me interroguen; pero, si investigan a fondo, puedes estar en peligro.

—¿Más que de costumbre? —dijo Luke sarcásticamente.

El padre de Jen se tomó la pregunta en serio.

—Sí. En breve te buscarán de manera activa. Registrarán todas las casas de los alrededores. No tardarán mucho en encontrarte.

Un escalofrío recorrió la espina dorsal de Luke. Así que moriría, igual que Jen. O no como ella, que al menos había caído con valentía. Lo atraparían como a un ratón en su madriguera.

—Pero, si me dejas —continuó el padre de Jen—, puedo conseguirte una identidad falsa. Podrías estar a kilómetros de distancia antes de que vengan a buscarte.

—¿Haría eso por mí? —preguntó Luke—. ¿Por qué?

—Por Jen.

—Pero, ¿cómo?

—Tengo contactos. Verás —el padre de Jen vaciló—, trabajo para la Policía de Población.

Capítulo 28

Luke empezó a gritar. No podía parar. De repente, su cerebro no parecía tener ningún control sobre lo que hacía su cuerpo. Sintió que sus piernas se levantaban y lo impulsaban hacia el padre de Jen. Vio que su propia mano agarraba la pistola y se la quitaba. Oyó una voz que apenas reconocía como la suya gritar una y otra vez:

—¡No! ¡No! ¡No!

—¡Para! —gritó el padre de Jen—. Detente, pequeño idiota, antes de que nos maten a ambos.

De alguna manera, el arma acabó en la mano de Luke. El padre de Jen se abalanzó sobre él, y Luke pudo imaginarse al padre de Jen placándolo, tal como Jen lo había placado varios meses atrás. Pero esta vez Luke se hizo a un lado en el último momento, y el padre de Jen se estrelló inútilmente contra la pared del fondo. Luke le apuntó con la pistola y luchó por mantenerla firme.

El padre de Jen se dio la vuelta lentamente.

—Puedes dispararme —dijo, levantando las manos indefensas en el aire—. Tal vez hasta agradezca la oportunidad de dejar de echar de menos a Jen. Pero sería un error. Te juro, en nombre de todo lo sagrado, en nombre de Jen, que estoy de tu lado.

El padre de Jen miró fijamente a Luke a los ojos, esperando. Luke sintió una oleada de orgullo por haber conseguido aquella ventaja, por haberse ganado el derecho a decidir lo que sucedería a continuación. Pero, ¿cómo podía saber qué era lo correcto? Seguramente el propio padre de Jen no mentiría en su nombre. ¿O sí?

Luke cerró los ojos. Luego bajó el arma y la dejó a su lado.

—Bien —dijo el padre de Jen, exhalando de forma audible. Luke dejó que el padre de Jen caminara hacia él, tomara suavemente el arma y la dejara sobre el escritorio—. Iba a explicártelo —se sentó, jadeó un poco—. Solo trabajo en el cuartel general de la Policía de Población. No estoy de acuerdo con lo que hacen. Intento sabotearlos todo lo que puedo. Jen nunca lo entendió, pero a veces hay que trabajar desde el interior de las líneas enemigas.

El padre de Jen hablaba sin descanso. Luke pensó que estaba repitiendo todo lo que decía dos o tres veces, pero a él le venía bien, porque su cerebro estaba funcionando de forma tan lenta que necesitaba la ayuda extra.

—¿Sabes mucha historia? —preguntó el padre de Jen.

Luke intentó recordar si había algún libro de historia entre la colección de su familia en el desván. ¿Contaban las historias de aventuras de antaño?

—Solo... —se aclaró la garganta—... solo la que viene en los libros que Jen me prestó.

—¿Cuáles?

Luke señaló los que estaban en los estantes encima del ordenador.

—También me dio algunos artículos, me los imprimió.

El padre de Jen asintió.

—Así que recibiste la propaganda de ambos bandos —dijo—. Ninguno de los dos dice la verdad.

—¿Qué quiere decir? —preguntó Luke.

—Las publicaciones del gobierno intentan convencer a la gente de una cosa, así que exageran los hechos. Y los panfletos clandestinos son igual de extremistas a su manera, manipulando las estadísticas para que concuerden con su causa. De modo que no sabes nada.

—Jen dijo que la información de los artículos que me había impreso era cierta —dijo Luke a la defensiva. Solo decir su nombre hizo que se estremeciera. ¿Cómo podía estar muerta?

El padre de Jen hizo un gesto de impaciencia.

—Ella creía lo que quería creer. Pero temo... —tuvo que detenerse, y Luke temió que el padre de Jen empezara a llorar de nuevo; pero tragó saliva y continuó—. Temo haberla alentado. Le pasé información sesgada. Quería darle esperanzas de que algún día se derogaría la Ley de Población. No sabía que ella... ella...

Luke sabía que no sería capaz de soportar ver al padre de Jen derrumbarse de nuevo.

—Entonces, ¿qué es lo que debo saber? —preguntó Luke— ¿Cuál es la verdad?

—La verdad —murmuró el padre de Jen, aferrándose a esas dos palabras como si Luke le hubiera lanzado un salvavidas; se recompuso rápidamente—. Nadie lo sabe realmente. Se han dicho demasiadas mentiras durante demasiado tiempo. Nuestro gobierno es totalitario, y los gobiernos totalitarios aborrecen de la verdad.

Eso no tenía sentido para Luke, pero dejó que el padre de Jen siguiera hablando.

—¿Sabes lo de las hambrunas?

Luke asintió.

—Antes de eso, nuestro país creía en la libertad, la democracia y la igualdad para todos. Entonces llegaron las hambrunas y el gobierno fue derrocado. Hubo disturbios por la comida en todas las ciudades, y mucha, mucha gente fue asesinada. Cuando el general Sherwood llegó al poder, prometió ley y orden y comida para todos. Para entonces, eso era todo lo que la gente quería. Y eso fue lo que recibió.

Luke entornó los ojos, tratando de entender lo que acababan de decirle. Era una conversación de adultos, simple y llanamente. No, era peor que la charla de adultos a la que estaba acostumbrado, porque de lo único que hablaban sus padres era de la cosecha de maíz, de las facturas y de la probabilidad de que se produjeran heladas a finales de mayo. Eso Luke lo entendía. Gobiernos que eran derrocados, disturbios en las ciudades... todo eso escapaba a su comprensión.

—Los barones se quedan con la mejor parte —soltó, e inmediatamente se sonrojó porque había sonado muy grosero.

El padre de Jen esbozó una sonrisa.

—Eso es verdad. Te has dado cuenta. Sé que no es justo, y no estoy orgulloso de ello, pero... Los funcionarios del gobierno tomaron la decisión consciente de permitir que una clase de personas tuviera privilegios especiales; es probable que Jen te enseñase qué es eso de la comida basura, ¿no?

Luke asintió.

—Es un buen ejemplo. Oficialmente es ilegal, pero jamás se ha detenido a alguien por suministrar comida basura a los barones. Lo cual es muy conveniente, teniendo en cuenta que todos los poderosos funcionarios del gobierno son barones.

El cinismo de su voz sonaba tan parecido al de su hija que Luke estuvo a punto de ceder de nuevo a la pena. Pero se obligó a concentrarse en lo que decía el padre de Jen.

—El gobierno justifica que los demás sigan en la pobreza porque la gente parece trabajar más cuando está al borde de la miseria —continuó—. El gobierno intenta asegurarse de que la mayoría de la gente —los que cooperan— sobreviva. Si has oído a tus padres hablar de otros granjeros, sabrás que ya nadie pierde sus granjas. Pero, también, que nadie gana nunca lo suficiente para vivir cómodamente.

Luke pensó en las constantes preocupaciones de sus padres por el dinero. ¿Era todo innecesario? ¿Estaban siendo manipulados? Sintió una chispa de rabia, pero la enterró también, porque tenía otras preguntas.

—Pero incluso los barones tienen que cumplir la Ley de Población —dijo—. ¿Es porque —tragó saliva— es necesario? ¿Es verdad que hay demasiada gente?

—Probablemente no. Si los alimentos se hubieran distribuido equitativamente... si la gente no hubiera entrado en pánico... si hubiéramos tenido buenos líderes que nos explicaran honestamente la necesidad que teníamos de cooperar entre todos... podríamos haber sobrevivido a la crisis sin recortar los derechos de nadie. En tal caso ahora no sería un problema que algunas personas decidiesen tener tres o cuatro hijos, siempre y cuando otras personas decidiesen no tener ninguno. Pero la Ley de Población se convirtió en el mayor logro del general Sherwood. Por eso ni siquiera los barones están exentos de cumplirla. Él toma esa ley como prueba para decir a los demás: «Mirad cuánto control tengo sobre la vida de mi pueblo».

—Así que está mal —dijo Luke, tratando de entender lo que le habían dicho.

—Yo creo que sí. Sí, está mal —dijo el padre de Jen.

Luke sintió una extraña sensación de alivio, de que no era realmente malo que él existiera, tan solo ilegal. Por primera vez desde que había leído los libros del gobierno, podía ver que ambas cosas, las dificultades para la alimentación y su nacimiento, eran asuntos distintos.

Quizá por eso había tenido tanto miedo de ir a la manifestación. Si realmente hubiera creído, como Jen, habría ido.

¿Lo habrían matado como a ella?

Era demasiado confuso y aterrador pensar en ello. El padre de Jen miró su reloj.

—Tengo que volver al trabajo. Si me retraso mucho levantaré sospechas. Si la quieres, puedo tenerte preparada la identidad falsa mañana por la noche. Mientras tanto, te aconsejo que...

Se interrumpió. Luke supo por qué; un sonido propio de sus peores pesadillas: golpes en la puerta, y luego una orden expeditiva.

—¡Abran! ¡Policía de Población!

Capítulo 29

Antes de que Luke pudiera moverse, el padre de Jen lo había metido en el armario.

—Hay una puerta secreta al fondo —siseó—. Úsala.

Luke tanteó a ciegas, luchando contra lo que parecía un montón de pelo. Detrás de él, pudo oír al padre de Jen gritando: «¡Ya voy! ¡Ya voy! Es una puerta de doce mil dólares. Si la rompéis, tendréis que pagarla». Entonces Luke oyó cómo el ordenador emitía sus pitidos y el padre de Jen murmuraba: «Buen momento para que descubran la eficiencia. Vamos, vamos, conéctate...».

Los golpes en la puerta se hicieron más fuertes y una voz ronca gritó: «¡Tienes tres segundos, George!».

Luke se internó aún más en el armario. No pudo encontrar la pared del fondo, y mucho menos una puerta secreta. Y entonces oyó un ruido de astillas en la parte delantera de la casa. Segundos después, se oyeron pisadas en el cuarto del ordenador.

—¿Qué diablos es esto?

Era la voz del padre de Jen, que venía del pasillo, llena de indignación. Si no lo hubiera presenciado él mismo, Luke nunca habría adivinado que el padre de Jen había estado llorando momentos antes. Sonaba demasiado enérgico, demasiado seguro, demasiado confiado en que él tenía razón y cualquiera que se le opusiera estaba equivocado. Las pisadas cesaron. Desde el armario, Luke oyó una risita.

—Te pillé con los pantalones bajados, ¿eh, George?

—Sí, sí, muy gracioso —respondió el padre de Jen, sin parecer divertido; se oyó un sonido que podría haber sido el de una cremallera siendo subida—. ¿A esto hemos llegado? ¿Un hombre ni siquiera puede ir al baño sin que un puñado de imbéciles con complejo de superioridad le rompan la puerta? Pagarás por esa puerta, te lo aseguro.

Si Luke hubiera sido uno de los agentes de la Policía de Población, el padre de Jen le habría impresionado de veras. Se habría echado atrás, pidiendo disculpas. Nunca le habría dado por pensar que el padre de Jen escondía un tercer hijo. Esperanzado, Luke hizo una pausa en su incursión en el armario de los Talbot.

Pero la voz que respondió al padre de Jen tenía una actitud muy distinta.

—Vamos, George. Sabes que tenemos derecho de registro e incautación. Tenemos informes de que ese ordenador se está utilizando con fines ilegales. Hace solo media hora.

—Sois más tontos de lo que pensaba —contestó el padre de Jen—. ¿Ninguno de vosotros lee sus memorandos? Esta mañana informé al Mando central de que iba a continuar mi operación encubierta en los chats ilegales. Por eso escribí «¿Dónde está Jen?» y «¿Hola? ¿Hay alguien ahí?», que es lo que podría escribir uno de esos ocultos despistados, un tercer hijo que no hubiera asistido a la manifestación. ¿Tan bajo estás en la escala de mando que nadie te contó que estuve fingiendo ser la líder guerrillera Jen todo el tiempo? ¿Te perdiste la ceremonia de reconocimiento en la que me premiaron por deshacerme de cuarenta ilegales?

Luke se preguntó cómo era posible que el padre de Jen pudiera decir su nombre sin que su voz lo delatara. Si Luke no conociera a Jen —no la hubiera conocido, se corrigió con una mueca de dolor— y si no supiera lo mucho que ella había confiado en su padre, habría estado seguro de que el padre de Jen la había traicionado. De modo que su cabeza se agitaba con el temor de que el padre de Jen aún pudiera traicionarle. ¿Cómo podía confiar en alguien que hablaba tan fríamente de «deshacerse» de terceros hijos? Luke avanzó con dificultad por el armario hasta llegar a un montón de mantas que había al fondo. Finalmente tocó la pared, pero todo lo que sintió era liso. El padre de Jen había dicho que había una puerta. Tenía que haber una puerta.

Las voces de fuera le llegaban apagadas.

—... el memorándum.

—Estoy seguro de que está en tu escritorio en la oficina, con el resto del papeleo que nunca lees —el padre de Jen levantó la voz, para que Luke pudiera oírlo claramente—. Porque leer sabes, ¿verdad?

El oficial de la Policía de Población ignoró el comentario despectivo.

—Enséñanoslo en el ordenador.

—Muy bien.

Luke rezó para que el padre de Jen tuviera algo que mostrarles. No podía encontrar la puerta por más que pasaba los dedos por la pared una y otra vez. Su corazón latía tan fuerte que estaba seguro de que la Policía de Población podía oírlo.

Lo único que oía de la Policía de Población y del padre de Jen eran murmullos. Entonces sonó la voz de un agente:

—Mientes, George. Vamos a registrarte.

—¿Solo por un fallo informático? Pues vale. No es mi problema —Luke estaba estupefacto por el aplomo con el que hablaba el padre de Jen—. Pero cuando no encuentres nada (y no lo encontrarás), sabes que tendré derecho a los «Beneficios por búsqueda e incautación ilegal» concedidos a los barones, y presentaré cargos. ¿Qué crees que debería hacer con la paga extra que me vais a proporcionar? ¿Gastarla en caviar o en champán?

—Vamos, George, no presentarías una demanda.

—¿No lo crees? Entonces adelante. Empieza por aquí.

De repente, el armario se inundó de luz. Luke ahogó un grito. ¿Cómo era posible que el padre de Jen hubiera abierto de par en par la puerta del mismo lugar donde él se escondía? Desesperado, se tapó la cabeza con una manta.

Nadie de la Policía de Población respondió al padre de Jen, pero el patrón de las sombras que caían sobre la manta de Luke le hizo pensar que aquellos policías estaban de pie justo en la puerta del armario. Oyó el roce de las perchas contra una barra de metal. Y entonces, de repente, aquellos policías se alejaron.

Confuso y aterrorizado, Luke permaneció acurrucado bajo la manta. Oía pisadas amortiguadas en otras partes de la casa y estaba seguro de que volverían al cuarto del ordenador en cualquier momento. Antes de que lo mataran, esperaba que lo dejaran volver con sus padres y decirles cuánto los quería. También querría disculparse con Mathew y Mark por no apreciar las damas y los juegos de cartas a los que jugaban con él cuando sabía que preferirían estar fuera. Y probablemente debería disculparse con sus padres por desobedecer y venir a casa de Jen, la desobediencia que dio lugar a todo aquello. Pero, aunque tenía miedo de que lo encontraran, no era capaz de arrepentirse.

En cualquier caso, no era probable que le dejaran ver a sus padres antes de matarle. Tendría que proteger a sus padres y negarse a revelar quiénes eran...

La mente de Luke seguía acelerada, elaborando planes frenéticamente, cuando oyó que alguien volvía al cuarto del ordenador. Solo había un par de pasos, así que se atrevió a esperar...

—¡Podríais haber barrido los cristales rotos entes de marcharos!

Era el padre de Jen. Luke se esforzó por oír una respuesta, pero no llegó ninguna. ¿Se había ido la Policía de Población?

Luke agachó la cabeza. Oyó al padre de Jen metiéndose en el armario. Entonces le quitó la manta de encima y le tapó la boca con la mano. Luke empezó a forcejear hasta que leyó las palabras escritas en el papel que el padre de Jen le ponía delante de la cara: «Se han ido. Estás a salvo, pero ¡¡¡NO HABLES!!!»

Luke se relajó y asintió para hacerle saber que obedecería. El padre de Jen lo soltó, le dio la vuelta al papel y empezó a escribir furiosamente.

«Ahora hay bichos en la casa».

Luke le miró desconcertado. Empezó a decir algo, pero se detuvo. Cogió el bolígrafo del padre de Jen y escribió: «¿Insectos? ¿Hormigas? ¿Cucarachas?»

El padre de Jen sacudió la cabeza frenéticamente. «Bichos = pequeños dispositivos de escucha. La Policía de Población oye todo. Por eso no puedes hablar. Siempre hacen lo mismo cuando una redada no tiene éxito. Incluso me han puesto un micrófono a mí».

El padre de Jen se dio la vuelta y señaló; Luke vio un pequeño disco pegado a la parte posterior de su cuello.

Luke frunció el ceño y escribió en el papel: «¿Por qué no se lo quita?»

El padre de Jen sacudió la cabeza. «Es más seguro así. Mientras crean que lo oyen todo, no volverán».

Señaló los bultos peludos que había en las perchas detrás de él.

«Los he sobornado con abrigos de piel. Muy raros, muy valiosos».

Luke miró los abrigos. Ahora parecía haber muchos menos. ¿Eran pieles de animales? ¿Por qué querría alguien algo así? No podía preguntar, sin embargo, porque el padre de Jen ya estaba garabateando más cosas.

«Solo he ganado algo de tiempo. Mi maniobra va a tener poco recorrido: no envié ese memo. Se enterarán».

Luke cogió el bolígrafo. «¿Qué le harán?»

El padre de Jen negó con la cabeza. «No lo sé», escribió. «He sobrevivido a este tipo de cosas antes. Pero ahora pinta muy mal. El hecho de que hayan llegado tan rápido = me la tienen jurada».

Luke apoyó débilmente la cabeza contra la pared del armario. Eso le recordó su frenética búsqueda a lo largo de su cara sur. Cogió el papel y escribió: «¿Dónde está la puerta?»

El padre de Jen sacó una nueva hoja de papel. Sacudiendo la cabeza, escribió: «No hay ninguna puerta. Solo quería llevarte al fondo del armario». Luke enterró la cara entre las manos. El padre de Jen era bueno mintiendo, de eso no cabía duda. ¿Cómo podía Luke confiar en él? Levantó la cabeza y vio cómo garabateaba algo más en el papel. Su expresión estaba llena de preocupación, y Luke supo, de algún modo, que era digno de confianza. Fácilmente podría haber delatado a Luke y recibir elogios y otra ceremonia de reconocimiento. Pero qué confuso era no saber nunca cuándo alguien estaba mintiendo.

El padre de Jen giró el papel hacia Luke. Decía: «¿Quieres el carné de identidad falso o no?»

Luke tragó saliva. Después de un minuto, respondió: «¿Estaré a salvo si no lo hago?»

El padre de Jen parecía estar sopesando la pregunta. Entrecerró los ojos y escribió: «Es posible. Ahora me buscan a mí, no a ti. Si realmente hubiesen pensado que hay un ilegal aquí, no habrían aceptado el soborno. O lo habrían aceptado y a continuación te habrían cogido. Pero te aconsejo que consigas ese carné».

Luke escribió: «¿Puedo esperar? ¿Pensarlo un poco?»

Eso era lo que Luke quería. Ni siquiera pensar, sino evitar pensar durante un tiempo. Quería recordar a Jen y poder llorarla a solas. No quería tener que pensar qué partes de la Ley de Población eran buenas y qué partes eran malas, o por qué su familia no tenía más dinero. No quería tener que entender al padre de Jen y a otras personas como él, que podían fingir ser tantas cosas diferentes. No quería tener que decidir ahora algo que podría cambiar el resto de su vida.

Pero el padre de Jen había escrito de nuevo: «No lo sé. Puede ser un caso de "ahora o nunca"». Luke garabateó a su vez: «¿Por qué?»

El padre de Jen escribió durante mucho tiempo. Luego volvió el papel hacia Luke. Decía: «Aún tengo cierto poder. Mañana también, probablemente. ¿¿¿La próxima semana??? ¿¿¿El año que viene??? No se puede saber con nuestro gobierno. Lacayo favorecido un día, *persona non grata* al día siguiente. Nunca se sabe. No hay garantías para nada».

Luke miró el papel hasta que las palabras le nublaron la vista. Tenía que decidir. En ese mismo instante.

Pensó en vivir en el desván y pasarse leyendo y soñando despierto el resto de su vida. Sus padres eran buenos con él, aunque no lo acompañaran demasiado. Y por mucho que Mathew y Mark siempre se hubieran burlado de él, estaba seguro de que cuidarían de él si sus padres algún día no podían hacerlo. Su vida era muy limitada, y ahora lo comprendía mejor que nunca. Pero estaba acostumbrado a ella. Era una vida segura. Podía ser feliz.

Excepto que...

Luke recordaba lo aburrida que había sido su vida antes de conocer a Jen, lo desesperado que había estado por hacer algo, lo que fuera, aparte de leer y soñar despierto. Tanto se desesperó que arriesgó su vida por la oportunidad de conocer a otro oculto. ¿Quería pasar el resto de su vida sintiéndose así de desesperado? ¿Quería... desperdiciarla?

No obstante, incluso si conseguía una identidad falsa, ¿qué haría después?

La respuesta estaba allí, delante de él; era como si lo hubiera sabido todo el tiempo y su cerebro solo estuviera esperando a que viniera a buscarlo.

Podría hacer algo para ayudar a otros terceros hijos a salir de la clandestinidad: podría luchar por los ocultos. No montando otra gran manifestación como había hecho Jen, ni encontrando documentos de identidad falsos como hacía el padre de Jen. Tal vez había algo más pequeño y pausado que él pudiera hacer. Estudiar formas de cultivar más alimentos, para que nadie pasara hambre, sin importar cuántos hijos tuviera la gente. O cambiar el gobierno para que los granjeros pudieran criar cerdos o hacer cultivos hidropónicos, para que así la gente corriente, no solo los barones, pudiera tener una vida mejor. O podría idear formas de que la gente viviera en el espacio exterior, para que no estuvieran demasiado hacinados en la tierra: podría impedir que les talaran sus hermosos bosques solo para construir casas. No sabía exactamente cómo podría hacer esas cosas, ni siquiera qué era lo correcto. Pero sabía que quería hacer algo.

Recordó lo que le había dicho a Jen la última vez que la había visto: «Es la gente como tú la que cambia la historia. La gente como yo dejamos simplemente que las cosas nos pasen». Creía en ello cuando se lo dijo. Así había vivido siempre su familia. Pero tal vez fuese un error. Tal vez él podría tener éxito allí donde Jen había fracasado precisamente porque no era un barón, porque no tenía esa sensación de que el mundo se lo debía todo. Podía ser más paciente, más cauto, más práctico.

Pero nunca podría hacer algo así si permanecía escondido. Se mordió el labio. Su mano temblaba mientras escribía su respuesta.

«Quiero un carné falso. Por favor».

Capítulo 30

Lee Grant se acomodó en el coche que le llevaría lejos de la granja donde había encontrado refugio, después de huir de casa. Se había perdido y, desde luego, nunca había pensado acabar aquí. Observó el polvoriento corral que tenía delante, los feos surcos de barro seco donde tractores y camiones habían dejado sus huellas. Contempló el destartalado granero y la pintura desconchada de la casa desgastada, vistas que deberían haberle resultado totalmente extrañas; pero no era el caso, porque él...

Luke tragó saliva, incapaz de seguir pensando en su nueva identidad todavía. Era demasiado pronto, demasiado duro, porque sus hombros aún sentían el calor del último abrazo de su madre. Se miró las manos, apretadas en el regazo, y ya parecían las de otra persona sobre el fondo de sus pantalones nuevos e impecables. Se acabaron los vaqueros raídos y las camisas de franela: tenía una maleta entera en el maletero llena del mismo tipo de ropa elegante de barón de la que se había reído todos aquellos meses. No le importaba la ropa, pero deseaba que le dejaran conservar su nombre, al menos. Sin embargo, el padre de Jen se había sentido orgulloso de que hubiera insistido en conservar las mismas iniciales.

«Con la prisa con la que ha habido que hacerlo, es un milagro que no te hayas quedado con Alphonse Xerxes», se había jactado en la carta que había dejado la noche anterior, fingiendo que solo venía a pedirles a los padres de Luke que cortaran el sauce que caía sobre el terreno de los Talbot.

El verdadero Lee Grant era un barón. Había muerto en un accidente de esquí la noche anterior. Sus padres no querían saber nada de Luke —«es demasiado doloroso», había explicado el padre de Jen—, pero habían accedido a donar el nombre y el carné de identidad de su hijo del mismo modo que antes se donaban corazones y riñones. Algún grupo secreto que ayudaba a terceros hijos lo había organizado. El grupo también había accedido a pagar la estancia de Luke en un colegio privado en régimen de internado durante todo el año. Se suponía que lo cambiaban a mitad de curso como castigo por fugarse. Había leído sobre esos lugares en los viejos libros del desván. Parecía una forma extraña de vivir, sin familia, pero se alegraba de no tener que fingir que quería a otros padres.

Luke miró hacia el porche de su casa, donde estaban mamá, papá, Mathew y Mark, saludando con la mano. Papá y Mathew parecían hoscos, y Mark solo serio, lo cual era bastante extraño para él, pero a mamá se le caían las lágrimas.

Ella también había llorado la noche en que Luke se lo contó todo a sus padres.

Había empezado contándoles su primera visita a casa de Jen, y mamá le había regañado inmediatamente:

—Luke, ¿cómo se te ocurre? El peligro... Sé que te sientes solo, pero cariño, prométenos que nunca más...

—Eso no es todo —dijo Luke.

Contó el resto de la historia sin mirarla, hasta que llegó al final y a su decisión de conseguir una identidad falsa. Tenía los ojos rojos: estaba devastada.

—Luke, no. No puedes irte —le dijo respirando con dificultad. ¿Te imaginas cuánto te echaríamos de menos?

—No quiero irme, mamá —dijo Luke—. Es solo que... que tengo que hacerlo. No puedo pasarme el resto de mi vida escondido en el desván. ¿Qué pasará cuando papá y tú ya no podáis cuidar de mí?

—Mathew o Mark lo harán. Ellos te cuidarán —respondió ella.

—No quiero ser una carga para ellos. Quiero hacer algo con mi vida. Encontrar formas de ayudar a otros terceros hijos. Quiero hacer... —todas las cosas que se le habían ocurrido sonaban demasiado infantiles para decirlas en aquel momento, estando mamá consumida por el llanto, así es que terminó débilmente—. Quiero hacer algo que marque una diferencia en el mundo.

—No digo que no vayas a poder hacerlo nunca —siguió ella—, sino que faltan años para eso. Ya encontraremos la forma de conseguirte un carné falso cuando seas mayor. De una u otra manera —se volvió hacia el padre de Luke—. Díselo, Harlan.

Papá suspiró pesadamente.

—El chico tiene razón. Tiene que irse ahora que puede.

Luke se dio cuenta de que su padre había pronunciado esas palabras con dolor, pero incluso así se le clavaron en el corazón. Tal vez una parte de él había estado esperando secretamente que sus padres le prohibieran marcharse, que lo encerraran en el desván y lo mantuvieran allí para que fuera su niño para siempre.

—He estado investigando. Quería saber si alguien había oído hablar de un tercer hijo que pueda llevar una vida normal. Lo cierto es que, al menos por aquí, no pueden —dijo papá—. Por lo que sé, no va a tener otra oportunidad.

Luke se volvió hacia su madre, porque era demasiado difícil mirar a papá mientras decía aquello. Pero el dolor que retorcía el rostro de mamá era peor si cabe.

—Entonces supongo que no tenemos elección —murmuró.

Eso había ocurrido hacía dos días, y desde entonces había llamado al trabajo para decir que estaba enferma y debía guardar cama; pasó cada segundo con Luke. Jugaron a juegos de mesa y a cartas, pero ella interrumpía cada movimiento con frases del tipo «¿Te acuerdas de...?» o «Recuerdo aquella vez...».

Los arrullos que hacía siendo un bebé. Sus primeros pasos. Su alegría al descubrir la tierra la primavera en que cumplió dos años. La primera vez que cultivó una hilera recta. Los calabacines que salieron, tan largos como su brazo. Los cuentos para dormir que ella le contaba, para luego arroparle.

Sabía que estaba llenando su almacén de recuerdos para cuando no tuviera a nadie con quien hablar de su infancia. Pero se hacía difícil escucharla. A él le hubiera gustado poder mover las fichas del Monopoly y fingir que el tiempo no pasaba.

Pero la fatídica mañana llegó demasiado pronto. El padre de Jen había llegado en su coche de lujo, del que se bajó de un salto para estrechar la mano de los padres de Luke.

—Señor Garner, señora Garner, muchas gracias por informar de inmediato de que habían dado con este chico. Por lo que he oído, los Grant estaban muy preocupados —se volvió hacia Luke—. Jovencito, lo que hiciste fue imprudente e irresponsable. Lo único inteligente que hiciste fue acordarte de llevar tu carné de identidad. Supongo que habrás oído que la Policía de Población dispara primero y pregunta después.

Le dio una palmada en la espalda a Luke y deslizó la mano hacia abajo para meter algo en su bolsillo. Luke bajó la mano para tocar el borde rígido de un carné de identidad: el suyo.

—¿Ya tenemos que empezar a fingir? —susurró la madre de Luke, con lágrimas en los ojos.

El padre de Jen sacudía la cabeza con severidad y se palmeaba el pecho, como si buscara algo en un bolsillo oculto.

—Bichos —dijo.

Cuando los padres de Luke asintieron para mostrar que entendían, dejó de dar palmaditas y sacó un papel de aspecto oficial.

—Ah, aquí están. Tus papeles para el viaje. Tus padres te envían a la Escuela Hendricks para chicos. Y si no te portas bien... —el padre de Jen le dirigió una mirada severa que de alguna manera era de complicidad también.

—¿Le podemos dar un abrazo de despedida? Le hemos cogido cariño... en el tiempo que lleva aquí.

El padre de Jen asintió, y entonces su padre y su madre abrazaron a Luke con todas sus fuerzas antes de soltarlo.

—Pórtate bien ahora, ¿me oyes? —dijo la madre.

Luke se dio cuenta de que intentaba bromear, hablándole de la forma en que le hablaría al hijo fugitivo de otra madre. Pero fue incapaz de responder con otra broma. Se limitó a asentir, parpadeando con fuerza.

Luego fue tambaleándose hacia el coche y trató de ser Lee Grant. El padre de Jen rodeó el coche y se sentó en el lado del conductor.

Arrancó el coche y lo puso en marcha.

—Tienes suerte de tener un chófer tan bien pagado —dijo—. Si no fuera amigo personal del primo de tu padre...

Luke no estaba seguro de si había un mensaje oculto en sus palabras, o si estaba hablando para el micrófono oculto. Decidió que aún no podía determinarlo. Volvió a mirar a su familia, que se despedía frenéticamente; después los perdió de vista. Pronto el coche pasó al otro lado del granero y del campo que había más allá, vistas que Luke nunca había visto, aunque había vivido toda su vida a menos de cien metros de ellas. A pesar del miedo que le roía el estómago y de la angustia de echar de menos a su familia —desde ya—, sintió un estremecimiento de excitación. Había tanto que ver. Tendría que contarle a Jen...

Jen. La pena que había estado evitando durante días volvió a invadirlo. Sin embargo, «también lo hago por ti, Jen», susurró en voz lo suficientemente baja para que el padre de Jen o el micrófono captaran sus palabras por encima del zumbido del coche. *Algún día, cuando todos seamos libres, todos los terceros hijos, les hablaré a todos de ti. Te erigirán estatuas y pondrán tu nombre a algún día conmemorativo.* No era gran cosa, pero hacía que se sintiera mejor. Aunque fuera un poco.

Se quedó mirando la granja de su familia todo el tiempo que pudo. Podía ver solo el tejado de la casa de Jen más allá de la rala hilera de árboles. Y entonces, en un abrir y cerrar de ojos, todo lo familiar desapareció en el horizonte.

Lee Grant se dio la vuelta para ver lo que tenía por delante.